新思維・新體驗・新視野

PUBLICATION

新喜悅・新智慧・新生活

金領男人香

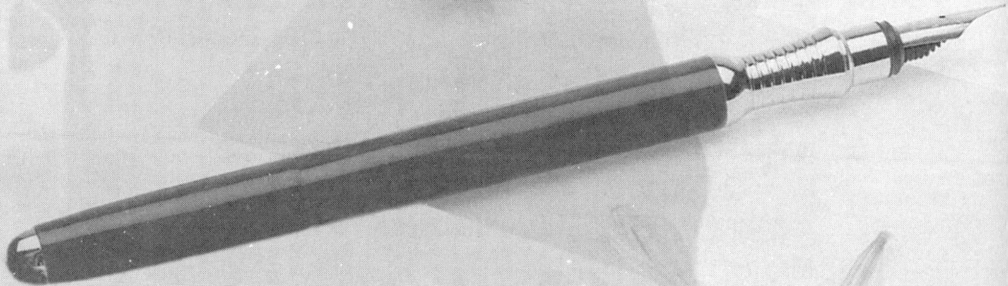

林黎■著

大陸新生代作家系列

金領男人香

作　　者：林黎
出 版 者：生智文化事業有限公司
發 行 人：宋宏智
企劃主編：萬麗慧
行銷企劃：汪君瑜
文字編輯：嚴嘉雲
版面設計：磊承設計印刷專業排版
封面設計：余敏如
印　　務：許鈞棋
專案行銷：張曜鐘、林欣穎、吳惠娟
登 記 證：局版北市業字第677號
地　　址：台北市新生南路三段88號5樓之6
電　　話：(02)2366-0309　　傳眞：(02)2366-0310
讀者服務信箱：service@ycrc.com.tw
網　　址：http://www.ycrc.com.tw
郵撥帳號：19735365　　戶名：葉忠賢
印　　刷：鼎易印刷事業股份有限公司
法律顧問：北辰著作權事務所 蕭雄淋律師
初版一刷：2005年 1 月　　新台幣：250元
ISBN：957-818-707-6

國家圖書館出版品預行編目資料

金領男人香 / 林黎著.　— 初版. —　臺北市：
生智, 2005 [民94]
面；　　公分. —（大陸新生代作家系列）

ISBN 957-818-707-6（平裝）

857.7　　93024707

總 經 銷：揚智文化事業股份有限公司
地　　址：台北市新生南路三段88號5樓之6
電　　話：(02)2366-0309
傳　　眞：(02)2366-0310
※本書如有缺頁、破損、裝訂錯誤，請寄回更換

推薦序

認識林黎在一個初夏，事先通過電話聯繫，我們隔著一條馬路伸手招呼，那一次談了很久，中國歷史、民俗文化、藏傳佛學，晚上一同去參加一位好朋友的生日宴會，在唐古拉風大餐廳裡與眾多民族人士暢飲，林黎留著長長黑頭發，皮膚白皙清清秀秀的，她的書屋供奉著尊貴的蓮花生大士，眞摯會連通我們所具有的圓滿大智慧。

我們這個世界是由地、水、風、火四大物質組成，它在虛空中旋轉，我們這個世界外還有更多更深廣的世界，生命需要不斷修持與完善方能走向圓滿顯現原本的智慧光輝。林黎的小說裡面能夠看見表達生命來源的文字，她在一本寫感情的小說裡面將所謂「情」或者一些「色」做一種優雅灰諧，其他的文字是一個都市感情故事的構架，仍然在裡面讀到迎面而來的智慧。

現在的每一個人似乎都很忙，感情幾乎快成了忙於物質生存之後的點心，其他很多人在內在總會有嬰兒般脆弱需要安撫的地方，父母、手足、戀人、夫婦、子女的存在不僅是人倫遞增，同時也讓人避免陷入更深的孤獨之中。珍惜身旁眞誠感情，同時付出自身眞誠感情，這樣希翼過能夠堅持下去的人不多，這其中既有自身因素，也有生存環境的影響。

林黎的小說有一部分很傷感，成人世界裡無法避開的淡淡憂傷。有些時侯，她喜歡用歐陸風味的文字，異域小說中深深呼吸到那些玫瑰、藤蔓、鵝卵石、古城堡的氛圍。

文字不只是用來休閒，我想林黎是想透過她的文字來表達她眞實感悟到的世界，戰爭、都市裡的槍殺，不同年齡、不同階層的代溝，經濟困境讓夫妻相處的艱澀等等。世界總是這樣，我們得以喘息安頓的是純眞心靈境界。

我的整個少年時代是在草原上度過的，那裡有五色經幡、嘛呢堆，貼著藍天高飛的雄鷹，站在寺廟旁靜靜聽小喇嘛念經的鹿，我們的情感表達方式與都市裡的人相比可能更為直接馳騁一些。林黎說她也有這樣的看法，所以她喜歡去草原，喜歡上了絢麗野桃花盛開的白水河。

林黎喜歡抽一種薄荷味道、細細長長的香煙，喜歡聽藍調音樂，喜歡達文西、喜歡愛因斯坦，喜歡在家裡讀厚厚的史書，靜極生動，她騎在駿馬上飛馳會讓旁觀人擔心她是否會摔下來，可是她又實在是一位有內含力量的女子。

她喜歡聽歌，親自去歌手面前聽他們唱，是那種有民風特色的歌，她要是喜歡上一本書，也會約作者喝杯茶（只是可惜，她約不到作古的人，她有些引以為歎），林黎在某些時間十分率眞，直來直去，這是她的一面性格。

林黎總是用男用打火機，握在細細手指間，藍色火焰嫋嫋生動起來，上一次她給一位名人寫了封「情書」，先是刊在一家著名《人物》雜誌上，後來被一些文刊轉載，談到那封情書，她笑之，是因為伊拉克戰火點燃的。

林黎喜歡聽「我的心」。這是一首藏民族歌，她說能聽見一種呼喚，而且她能用手指表達心，用文字對生命作回應。

前兩天我剛從澳大利亞回成都，林黎給我電話，我問她近期在寫什麼，她說是一本有關軍人的小說，之後林黎說因為近期搬家，希望我們一起喝杯茶，看風景。

林黎的房間外有一個綠樹掩映的池塘，家裡面沒有裝電話，很多作家也這樣，怕吵，只有主動打電話找別人。

紫西尼瑪　二〇〇四

自序

金領男人逐漸成爲主流商業社會一種生活與工作的模式，小資情結或者對待感情世界的一切行爲，正在引起更大範圍的好奇與新鮮。故事裡的金領男人除了事業還有他的舊情人、他的男同志，也有生命之交。誰能肯定自己的努力一定就會得到收穫，社會機制、財政督察、底層生活風雲與一位美麗女人，說不定那一天日子會變得讓自己完全感到陌生，也許生命本來如此寂寞，一切看似繁華糜爛的激情只是身體過程，過程是不斷消逝的結局。

大約是夏季開始寫的這本小說，外面很熱的時候就會躲在家裡懷念峨眉山蒼雪、針葉樹、雷音寺厚木門外青石板鋪就小道一直蜿蜒，我喜歡去那裡度過一些日子，每天清晨站在金頂隔著雲海可以看見遙遠貢嘎山頂，象一尊尊貴天神呼吸無限。

寫《金領》期間，我停下了一本叫做《臺灣糖》的小說，那本小說總是讓我想到一個叫做「戚岳陽」的人，聽從自己的心，開始寫這本小說。

我喜歡在夢裡見到一些物質世界裡面不一定見得到的人，而這些人自己的確喜歡，更加有可以開出絢爛色彩的東西。世界就是開眼做的夢，將我們纏在裡面，柔柔對天地漫漫地笑。愛情不一定要得到，遠觀就行了，我自己是沒有那麼多心思去爲它哭爲它歡喜，我知道這一世人生我要的，不是它。

林黎　二〇〇四年

【目次】

很多事情就像屋頂上的夢，深夜飄忽而過；有什麼可以證明我在每一個靜夜想起過你，慾望往往存在的每一刻心動時分，我知道我在嚮往你、沒有得到過的情人。

松松，一米六四，膚色偏白的年輕女人，有房有車，喜好品嚐軒尼詩．李察（Hennessy Richard），有宗教信仰。

信仰是會隨著時間改變的不確定，男人有男人的信仰、女人有女人的選擇，再一次降臨在身體上面的感覺也許會讓人變得不可捉摸，城市那樣擁擠、鄉村充滿城市氣息，沒有躲避開的隨同變化改變自己。

情人舊識

松松的第一份工作是在一所小學醫務室做專職學校的醫護員，她偏於內向的性情看上去很適合這份工作，那年她剛剛十八歲，中專畢業，隨後在學校工作的時間裡不停地參加學習、不停地拿到幾份大專文憑。

這些不重要，松松認爲心裡充滿鬥志，回過頭又能見到智慧才是這一輩子的目的。

身體總讓人疲倦，靈魂自在的翅膀被身體鎖住，學生時代她是個很容易分神的女生，成績很一般，精神狀態不是很佳。

媽媽在教委上班，媽媽說：「女孩子還是在學校上班好，環境單純，將來給大女兒松松介紹一位中學教師，成了家一輩子也就很穩定了。」

妹妹叫松杉，高鼻樑大眼睛，男孩一般的性格，小松松兩歲，大學畢業後獨自創業，現在是金領女士。

爸爸松醫生在西藏做過十六年的軍醫，復員後在醫院繼續醫師本行。

睡覺前必定上好鬧鈴，她怕迷夢，夢裡什麼也有；有時午睡迷夢、那可是費好大勁也不容易醒來，迷夢那一會兒，看得見許多醒時再也看不見的人，聽得見許多醒時聽不見的聲音。

一輩子的時間好長，如果用來修行可能是一瞬，如果用來感受，一天也會相稱一世。

泡過澡，松松換上白色睡袍赤了腳去客廳酒櫃拿出軒尼詩．李察，斟上一杯，軒尼詩干邑系列中的極品，以前她不喝酒，這些習慣是與戚岳陽在一起養成的，而且一旦養成就不再容易改掉。

木地板上淺淺一串腳印，風從牆壁那些看不見的縫隙吹進來，窗戶在睡覺前必定是關好的，門照常反鎖，房子太大了反而讓她沒有安全感，背後是空的，面前也沒有那些曾經很熟悉的身影。

她的身形一直保持在很清挺的狀態，秀髮如雲直直垂下來，十指修長，不苟言笑。

現在再沒有人會懷疑她的生存與工作能力，她很清楚以前自己的內在像棉花糖那樣鬆、軟、散；經歷過成長之後她看著自己慢慢精神內斂集中，慢慢地也能夠主宰某些屬於自己的決定。

不是每一個人都能夠這樣幸運主動地來安排自己的日子與事業，很多一腔抱負的人到頭來還是陷進最基本的生活，沒有能力爲自己作主，一切隨波逐流，可惜沒有人伸出手拉一把。

臥室中央一張柔軟雪白的大床，打開電視新聞頻道，外界與她自己緊緊聯繫也漠不相關，床頭放了瓶香水，是戚岳陽一直用的蘭德爾，現在她也買這個牌子，認識戚岳陽是在她十八歲那年秋天。

十八歲，她那時是一位年輕醫護員。學校醫務室裡面只有松松一位醫護員，負責學生門診與疾病預防，除了周末，平常下班松松回家吃過飯就看看書，做些簡單的家事。

周末，在讀中專的好友曉韻回家來，曉韻家境一直不怎麼好，不過她是個很懂事的女生，發誓要努力來改變自己；松松與她是初中一年級開始的好友，這段友誼一直持續著。

她們兩人周六晚飯後去散步，河堤上走了一個小時，曉韻一直給松松講自己在學校的故事，一位追自己的同校男生；曉韻說只是可惜那個男孩太年輕根本不會懂得自己需要的是什麼。

聽她講，松松不知道自己需要什麼，抬眼看見同學校的一位中年女教師站在前面兩米處，與一位男士說話。

「松松！」女老師對松松笑道。

「妳好！」松松打招呼。

女老師旁邊的那人看著松松，松松輕輕看一眼，是一位中年男士，笑了笑，松松與曉韻繼續向前走。

那是一九九一年，松松第一次遇見戚岳陽、中年男士，當時戚岳陽三十二歲，大松松十四歲。

當時松松不是很鍾意自己的職業，醫務室太安靜了，自己的性情也相當安靜，兩種安靜加在一起如一潭死水，她看見目前自己不愉快，但也無力反抗這種不愉快。工作要繼續做好，這是媽媽用大半輩子勤勤肯肯工作換來好評價的「福利」，不是每一位護校女生都能有這樣理想的工作環境，不需要值夜班每年還有寒暑假。

下午第一節課松松將本周學生門診做了一個統計，頭髮靜靜留在背上，黑黑的泛出光澤，背挺得筆直，鋼筆尖滑過紙面，有人輕輕敲醫務室打開的門。

是一位中年男士，深色羊毛上衣，黑西褲黑皮鞋，面上微微笑容，手指還停在門上。

松松問他：「請問你，有事嗎？」時常來醫務室的陌生人大多是學生家長，松松並不認識多少人。

「松松老師，妳好；」陌生男士笑著招呼。

看著他，等他第二句話，她身上的淺藍色毛衣是媽媽手織的，他身上洋溢成熟味道。

「我們見過，上周末，在河邊我與你們學校的老師、我的一位老同學說話，你與一位朋友過來，大家打招呼？記得了？」成熟男士語音不高，對她很親切提醒。

松松回想、點點頭：「記得了。」

男士手上拿著黑色公事包，由裡面拿出一張名片，將公事包放在松松辦公桌上、雙手將名片遞給松松：「松松老師，我叫戚岳陽，這是第二次見面了。」

松松坐在辦公椅上，雙手接過小小卡片，這個人與她沒有什麼關係，名片輕輕放在桌上。

戚岳陽一米七五，眼睛細長有神采，鼻樑不是很高但線條很優雅，頭髮黑黑的髮型很合適，膚色適中，他對松松笑道：「松松老師，我今天很冒昧，能夠認識妳眞好！希望以後有機會多聯繫。」

松松咬咬嘴唇，她不喜歡沒有事的陌生人來打攪自己工作。

戚岳陽很快察覺自己並不受小醫護的歡迎，他想想，依舊微笑：「松松老師，再見。」

松松點點頭，輕輕說：「再見。」

戚岳陽看看松松，拿上公事包轉身走出醫務室，松松將手上的名片拿起來看看，上面印「戚岳陽、成都某公司經理、電話等等」

「無聊」，松松繼續工作，戚岳陽沒有留給她什麼印象，主要是她沒有留下印象的意識。

下班回家，外婆已經將晚飯做好，妹妹松杉上高一有晚自習，家裡的晚餐通常比較早。飯桌上媽媽問了松杉的學習，松杉說：「媽媽，不要這樣天天過問，會搞得空氣緊張。」

媽媽說：「除了家裡人還有誰會這樣關心妳？現在競爭是越來越激烈，就業肯定會越來越難。」

松杉不以爲然：「媽，就業不是神話，說得那麼高不可攀，只要自己有能力又何必非得苦苦追尋一個又一個文憑。」

媽媽對爸爸說：「你看看她，還很有道理！」

爸爸笑笑沒說什麼，松松向來對工作不是很起勁，反正什麼是媽媽安排好的，媽媽精神旺盛、執著專一，她的思想在十四歲去北京見過毛澤東之後就一直沒有轉變過。

媽媽的想法松松能理解，爸爸也能理解，松杉除外。只是大妹妹兩歲，松松平靜外表裡面的心可能有了一千多歲那樣遠，不是老，是對年輕身體還有很長一段路的疲倦心理。

媽媽對松松說：「明年成人高校招生妳去考試吧，參考書我上班時順帶在招辦給妳買回來。」

松松點頭：「好。」

松杉說：「媽，你們就讓姐放鬆放鬆，剛上班還不到半年就安排了成招、還有自考，也不怕累死姐。」

媽媽說：「有什麼好累的，現在妳姐考試有沒有壓力，再說不繼續學習怎麼行？以後的競爭會愈來愈激烈！」

松松說：「我盡力。」

爸爸松醫生說：「多學習總是好的，也不要太累，注意休息。」

外婆給松松碗裡添湯，松杉抗議：「怎麼總是關照姐，沒有人關照我不要太累，我們高中生很辛苦的。」

外婆笑笑，也給松杉碗裡添上熱湯：「快吃飯，還得上晚自習，不要遲到了，妳們兩姐妹在大人眼裡都一樣。」

媽媽說：「也沒看妳姐的模樣，風一吹就倒；松松，妳也多吃一口飯，吃飯總比吃藥好吧。」

松松沒有說話，晚飯後松杉去學校上課，松松洗碗，外婆回臥室念經，爸媽外出散步。

一九九一年，松松的家在血防醫院，爸爸常常會下鄉查血吸蟲病，外婆的信仰一直在影響她。

肉體對世界的挑選看上去非常弱小，逃不開物質放置在身體上的鏈條，有很多可以避開的環節其實只是設置在心底，一點就破的東西反而高不可攀藏在現實身邊。

手在水裡靜靜洗碗，時間一直很平靜看她，默默站在她背後飛過去，某些時刻就停滯住了，她會感受很微妙的動態，不一定言傳，只是感受，所以沒有朋友的日子一個人在家裡看書是一件很好的享受，沒有時間、沒有距離，感受卻很多。

愛因斯坦是她喜歡的老頭，她看《相對論》，看很多有趣的觀點，並且認爲很多觀點其實非常正確，雖然在一定時間裡面沒有得到大眾文化認可，但那不重要，只要有人理解就行了，大眾傳播的口碑也許是貶義。

秋天，醫務室前面的橘子樹每夜會落下一些黃葉，松松在醫務室並不愉快，她不喜歡這樣的工作，似乎也沒有力量逃開現有的環境。

醫務室終年充滿淡淡藥氣，中學同年級的曾強第一次來找她是在這辦公室裡。

「松松！」他站在門口，一套綠色新兵制服，看上去處於興奮狀態，眼神閃亮。

松松很吃驚，因爲這以前與他沒有來往，只是同年級而已。
「曾強，」她記得他的名字：「請進，請坐。」
當時醫務室沒有患者，只松松一人，他進來坐在醫務室檢查台旁的長椅上，雙腿長長向前伸展，整個地透出生命活力；
感到陌生，不知說什麼，松松坐在辦公桌前等他開口。
曾強笑笑，牙齒很白很齊：「過幾天我去北京空軍部隊，四年後會退役回來。」
她對他笑笑：「那很好。」
曾強頓了頓，對她說：「我希望能夠與妳保持聯繫，好嗎？」
「保持聯繫？」
「我們可以通通書信，互相問候等等。」
她沒怎麼想：「隨便好了。」
曾強想了想：「松松，我認爲妳是個善解人意的好女孩，」他再想想，似乎又沒有什麼可說的，自己暗暗拍了拍掌心，站起來：「我先走了，記得聯繫。」
松松坐在辦公椅上看他走出去，感覺這次他來這裡有些怪怪的，也有些好笑，沒有將他的話放進心裡去，畢竟自己不瞭解他，也談不上怎麼聯繫。

曾強是一位透過外表就足以給人留下深刻印象的年輕男子，身高一米八，明眸皓齒英俊逼人，對未來充滿兩百分的信心。

曾強離開後，松松進行醫務室常規器械消毒，中午時分，門口警衛到醫務室叫松松接電話。

那個時候學校只有一部電話安在警衛室，各辦公室也沒有內部電話；聽見話筒裡面成熟男聲稱呼「松松老師」就想到是戚岳陽。

戚岳陽在電話裡說：「松松老師，昨天我買了幾本好書，想到可能妳會喜歡看，下午給你送到辦公室來好嗎？」

松松想想，還沒有開口，電話那邊又說：「這樣說定了，我就不耽誤妳上班了，下午見。」

放下電話，覺得這個戚岳陽很怪，他們一點不熟爲什麼想到給自己送幾本書？下午第一節松松有健康教育課，下課回到醫務室剛坐下戚岳陽就出現在門口微笑看她，眼裡透出神采，一襲淺色中長風衣，裡面一件藏青色襯衫、黑長褲，他將一疊書輕輕放在她的辦公桌上。

大約有十本，全是些好書：朱熹的《四書集注》、曾國藩的《十八家詩抄》、《管子》、《文獻通考》等等。

松松說：「怎麼？」

戚岳陽笑了笑，指著辦公桌上靠牆那方齊齊豎放的一些書：「那天來這裡看見妳這些書名，看來我沒有送錯種類，我小的時候是被父親逼著學這些的，那個時候不懂事，長大了才體會到父親在我身上的一片苦心，可我現在做的與父親當時期望的差得太遠了。」

戚岳陽一直站著說話，松松笑笑：「請坐。」

醫務室就一張給患者準備的長椅，放在檢查台旁邊，戚岳陽說：「謝謝，」然後坐下，坐在上午曾強坐過的長椅上。他著裝整潔成熟，與上午到訪的曾強分屬兩種不同類型的男性。

松松的手指輕輕滑過桌上他送的一疊書：「戚岳陽，這麼多，我不能接受。」

「爲什麼？」他很關切看松松。

「不爲什麼，」她說。

「書是用來看的，送給妳很合適。」戚岳陽笑道。

松松對他說：「書是很好，但是我不習慣接受。」

戚岳陽說：「這樣啊……妳就當作我借給你看，以後有什麼好書我們可以互相交流。」到底是成熟人說話，很會爲下一次考慮。

她點頭笑笑，戚岳陽問：「松松老師還沒有二十歲吧？」

她搖搖頭，他說：「我今年三十二歲，大你幾歲？」

「十四，大我十四歲。」松松笑笑，他很有意思，第一次有這樣一位衣冠楚楚的人對自己說他多大，而兩人原本不熟。

他看看醫務室陳設：「這裡很安靜，適合妳的性格。」

「是嗎？」她有些無精打采。

戚岳陽注意到松松的神色，他說：「現在女孩子能有這樣的工作環境還眞不錯，在外面闖蕩很辛苦。」

松松對他說：「也許外面的空氣要好些。」

他笑笑不語，掏出煙盒：「可以嗎？」

「可以，我這裡常年殺菌的。」

他哈哈笑道：「松松，妳眞有意思。」

不覺得有什麼好笑的，最好他快一些離開，松松不希望讓校長遇見自己辦公室有閒人閒談。

她的手開始漫不經心翻開一本書，戚岳陽意識到她想讓自己離開，起身說：「松松，我告辭了，希望以後有機會與你談話。」

可能年齡會產生一些代溝，也可能是她的接觸範圍太小，一時還不能習慣他的語言風格。松松點點頭。戚岳陽笑笑離開她的醫務室。

她將他帶來的書放在辦公桌下方櫃子裡。

這一天的兩個男性成了以後她生活裡重要角色，似乎沒有辦法逃避開。

曾強大松松一歲，他對未來的信心是松松的幾十倍；戚岳陽的成熟相隔松松有十幾年的距離，但距離也許並不是隔閡。

他瞭解松松在想什麼，知道她的不安分與無可奈何。再後來他來學校找松松那次，剛巧有位低年級男生跌破了膝蓋，松松正在給男孩處理傷口。

處理完畢抬起頭發現戚岳陽站在醫務室裡面靜靜看她，靈犀女孩的舉動一點一滴。

小男生說：「謝謝。」

「以後小心點，別再橫衝直撞的。」她叮囑。

小男生點點頭，陪伴來的同學攙著他回教室。她收拾好器械敷料洗了手再回到桌前，戚岳陽已經站了很久看了她很久，他並沒有坐下還是站著直面女孩。松松對他說：

「請坐。」

他還是沒有坐的意思兀自有些不察覺的心動迷失，他們相隔距離有點點近，戚岳陽身上的氣息讓她感受到了，她敏感到這氣息裡面有生活種種、有成熟男士的直覺；她向後稍稍退退。

戚岳陽說：「松松，這個周末有空嗎？」

「幹什麼？你有事嗎？」

他說：「也沒什麼事，只是想請妳出去走走……當然如果妳能再邀請一兩位朋友最好，這樣人多一些比較熱鬧。」

「這樣啊，可是我對你一點也不熟悉，你送的書還放在櫃子裡沒有時間看。」本來她想說他的東西自己沒有打算動，只是等合適的時候還給他，但是話出口時又覺得不太禮貌。

「一點不熟悉？」他不在乎她語言的不成熟，想想說：「松松，我可以坐這裡嗎？」

她點點頭，他坐在上次的長椅裡，掏出煙盒：「可以嗎？」

她笑笑表示不介意。

他點上一支：「五年前我離了婚，很可惜沒有小孩，所以那段婚姻沒有留給我什麼，」他對松松笑笑：「現在除了工作，我還希望能夠有一位談得來的朋友，比如松松妳。」

她開始仔細一些看他的模樣，有些不明顯的疲倦，體重適中，頭髮稍稍向後梳，神態透出成熟，聲音透出成熟，舉止有節。

她對他說：「不過我不太喜歡……」

「不太喜歡什麼？」他問她。

「不太喜歡與陌生人外出，好笑吧。」她說的是實話，再說媽媽也不會同意她隨便與陌生人走走。

「人與人全是從陌生開始的，妳這樣想也很正常。」戚岳陽微微笑道。

「所以你的提議不太可能，再說我唯一最好的女友在外地上學，也不知什麼時候回來。」

「是嗎？」他想想：「妳的這位最好的女友在什麼地方上學，如果不是很遠我可以開車送你去看她，太遠了我擔心妳又不放心我。」

「不放心你？」她眞的沒能一時領會他的意思。

戚岳陽說：「妳會當我是壞人。」

松松低眼看看地面。

他繼續說：「還記得那天我第一次在河邊見到妳，當時你們學校的老師與我站在一起講話？」

她點點頭表示記得。

他說：「那位老師是我的老同學，你可以透過她瞭解我，我是本地人並不是壞人。我母親現在還住在這個縣城，我幾年前去了成都經商。」

「戚岳陽，」她想想對他說：「我沒說你是壞人。」

他笑笑：「妳在防備我，不過，我理解，眞的。」

她低低一句：「理解就好。」

他沒聽清，再問：「松松，妳說什麼？」

她搖搖頭：「沒說什麼。」

一位女老師進來讓松松給她幾根酒精棉籤，看見戚岳陽坐在長椅裡，她沒什麼松松倒不自在了，女老師走後，松松對戚岳陽說：「你可不可以……」

戚岳陽笑笑，站起身：「好，不再打擾妳了，松松？」

「幹什麼？」

「這兩天我去北川辦點事，禮拜天我在學校門外等妳，妳方便的話我們談談天，好嗎？」

「這樣……我要到時候才知道家裡有沒有什麼事需要我的。」

「這個沒關係，我將車停遠一點，在車裡等妳，不會讓妳感到不方便的。」

她看看他，沒再說話。

戚岳陽對她點頭笑笑：「我告辭了，松松，禮拜天見，我等妳。」

他走了之後松松坐在桌前愣了很久。

在學校裡她沒有對任何人提起這樣的事，回到家也是一樣，從小就不習慣與人說過多的話，希望面對簡單寧靜也是很自然的。

禮拜天清晨松松起來很早，爸爸每年這段時間要下鄉查血吸蟲病，頭天晚上說好了松松給他準備早餐。在廚房煮了一小鍋粥，然後下樓去醫院職員食堂買回饅頭，松松輕輕將饅頭、蔬菜擺好在飯桌上，再去廚房給爸爸端出一碗煮好的粥。

爸爸已經起床清潔過了，沙發上放著他下鄉查病用的聽診器、白大褂、處方單、還有一包藥品之類。

松松想想：「爸爸，要不要今天我和你一起去，反正我放假沒事。」以前爸爸下鄉查病她去幫過忙，專業對口也不難。

爸爸說：「不用了，妳休息吧；飯好了嗎？」

「好了。」

「妳也一起吃。」爸爸坐在飯桌前對女兒說。

松松點點頭，去廚房拿出碗筷坐到桌前。爸爸吃完就拿上東西下樓，醫院下鄉查病用的是院內唯一的救護車，車停在樓下，幾分鐘後松松聽見救護車發動的聲音。

禮拜天上午妹妹在家做功課，媽媽需要詳細瞭解這一週她的情況，學習、思想上的。其實媽媽的學歷早已經不能輔導松杉，但是她能夠從蛛絲馬跡看出松杉的學習心態。松杉還是男孩子一樣，上周與同班男生打架被教導處老師抓住，媽媽領回來後照例挨了一頓，只是沒再打她，狠狠被訓。她們家容不得過度反叛，容不得不孝順、不聽話。

松松一直在考慮要不要再見戚岳陽。

上午十點以前她收拾整潔了幾間屋子，然後對媽媽說想出去走走。她換上去年媽媽織的淺藍色毛衣，同色牛仔褲平底皮鞋，半新的手袋；梳了梳長髮。

猶豫了很久，向學校走去，遠遠看見一輛黑色轎車順著停在校門左側幾十公尺處。戚岳陽看見松松向學校走來，早早打開車門下了車微笑著等她走近。

「松松。」走近了聽見他叫自己。

她看他一眼、點點頭沒有說什麼，他打開車門，松松不想坐前面，自己開了後面的車門坐進去。

戚岳陽坐好後轉身：「松松，想去哪裡？」

她說：「去綿陽，曉韻在那裡上學，我想看她。」

到綿陽只需要一個小時，戚岳陽像她的叔叔。

「松松，喝水嗎？」

「不用，你專心開車好了。」她靠在後座上。

戚岳陽笑笑，松松問他：「有什麼好笑的？」

他說：「我在想，妳會不會認爲我是要將你賣了。」

她笑道：「看上去我是很容易受騙那種？」

「那倒不是，妳很好。」

可能是早起太早，她有些睏，就沒再與他講話，閉著眼休息。車廂裡面有一些東西正在輕輕散開，音樂柔和。

曉韻的學校在西山，他們去了但沒看見她，同宿舍女生說曉韻昨天下午回家了，可能今天晚上歸校。

她問戚岳陽：「那怎麼辦？」

他說：「我們先去吃午餐，然後再說。」

「也只好這樣。」上車之後松松又改了主意，她沒有與陌生男性進餐的習慣：「我想回家」。

戚岳陽看看她，沒說什麼，轉了方向。車往回開，打開一些窗戶心情舒暢多了。

戚岳陽在途中一個小鎮停下車。

「你幹什麼？」她問他。

他轉身對她說：「沒什麼，休息一會兒，松松，坐前面來好嗎？」

「前面？好，」她坐到前面。

他掏出煙盒、她說：「別問，隨便好了。」他笑笑，點上一支，深深呼出，低低問她一句話：「松松，妳有男朋友嗎？」

「這樣問，好奇怪，」她笑笑。

「哦，我說話太坦白了嗎？」他親切問她。

她笑笑：「沒關係。」

戚岳陽靠向她稍稍近一點點：「松松，如果妳沒有男朋友，我可不可以成爲妳的男朋友，妳考慮考慮。」很誠懇，但他看她的眼神讓她不習慣。

「就這些？」她笑了一下。

他點點頭：「妳也不用馬上回答，先想想。」

車裡面安靜下來，車外看得見深秋。

還是他先問：「妳是否認爲我的年齡相對你有些偏大？」

她對他說：「沒有，年齡不是問題。」

「那是什麼問題？」

她對他說：「我還沒有任何準備。」

「這個還需要準備？」他輕輕問女孩。

她點點頭，沒有再說話。

戚岳陽靜靜嘆口氣，滅掉香煙：「松松，我二十四歲結婚，二十七歲離婚，當時我很希望能夠與太太白頭偕老，我們計劃等我到三十歲時，各方面條件都不錯了再生小孩，也不知道是婚前瞭解不足還是我們各自的性格，在婚後磨合期愈來愈加劇摩擦，結果是還沒等到三十歲我們的婚姻就完了。我是很看重家庭的人，對我來說離婚是最迫不得已的，可兩個人之間如果有了裂痕、透過一方努力是不能夠完全彌補的，當時我個人是盡了最大努力，但是……」

松松問他：「戚岳陽，如果兩個人有了裂痕，為什麼還要彌補呢？彌補就不自然了。」

他看看她，想想：「松松，很多人一旦結婚，就希望家庭能夠穩定，至於感情，它會隨同時間變得含有親情味；人在世上生存很不容易，也許眞正需要的是溫暖感。很多事情本不能完美，與其苛求不如反過來檢討自己，我當時就這樣做的，可是，一切還是於事無補。」

「是她不再喜歡同你生活了？」

戚岳陽點點頭：「她喜歡更加物質化的生活，而當時我只是個小職員，不能達到她的水準。」

「結婚前她沒想到這一層？」

「也許是在隨同時間變化。」

「你也在變？」

他點點頭：「我也在變。離婚後我辭職去成都經商，還好有些不錯的生意夥伴，頭腦挺好用的一群人，沒日沒夜辛苦了幾年，總算有了些安全感。」

「安全感？」

「物質方面的安全感，不過也不夠，還得努力。」

她有點不好意思，這樣問似乎有所圖。戚岳陽看看她：「松松，妳不是個追逐物質的女孩，我看得出來，第一眼看見妳我就知道這一點。」

她笑笑：「也不一定的，人是會變的。」

「但是有些屬於本質的東西它是不會變的。」

「這樣肯定？」

戚岳陽笑笑：「大概是閱歷經驗給我的直覺。」

戚岳陽給松松的感覺不再如前兩次見面那樣，現在感到點點熟悉，但是她還是不習慣同一個認識不久的人談他的感情問題。她一直認爲有了裂痕就不需要再彌補，戚岳陽是個懷舊感重的人，不輕易喜歡也不輕易忘記。

戚岳陽看看時間：「快下午兩點了，松松，餓了吧？我們去吃午餐。」

與他一起吃午餐會有些不自然有些尷尬，畢竟不同於與熟悉的同事與老同學一起進餐的氣氛，對他說：「還是不用了，我想早些回家。」

戚岳陽看看松松，頓頓，然後點點頭：「那好，我送妳回去。」路上他講他的父親，頗有些傳奇色彩的人物：「我是父親最小的一個孩子，父親畢業於黃埔軍校，我十歲時他就去世了，父親是我的啓蒙老師，我對傳統中國文化的理解是受了他的指導與影響。我以前在單位寫寫公文，這樣的工作幹久了會讓人感到特單調、鬱悶。」

對此松松有同感，醫務室的工作不是很多，而她有更多的精力，但是因爲一些看上去簡單實際複雜的原因，使得自己要在鬱悶單調重復的環境度過一日一日。想到此，松松沒了說話的興致，戚岳陽也沒再說話，車慢慢穩穩地走。

松松堅持不讓他將自己送回到醫院大門口，遇見媽媽怎麼解釋？戚岳陽將她送到醫院隔壁的郵局，下車前他說：「松松，下次見，好嗎？」笑著看女孩。

臉上熱熱的，老這樣，她下車時點點頭。

外婆一人在家，進門時她問松松吃過午飯沒有，松松搖搖頭；外婆說：「松松，飯菜可能冷了，妳先喝點水，我去給妳熱熱飯菜。」

十八歲，松松沒能讀懂戚岳陽對她的感情，而且當時她只是很在乎自己的感受，她在乎身體、在乎靈魂。

外婆對她說：「松松，人要找回自己的智慧，這是一輩子頭等大事。」

她以前認爲智慧是指聰明，後來才知道聰明只是對智慧的一點體現而已，而智慧本身無有邊際、無有窮盡。

剛在學校上班那年的冬天很冷，醫務室很冷很靜，松松一直會分神，不知道是什麼時候遺留下的習慣，身體禁錮住自在的靈魂不得解脫，她用最極端的方式開始尋求自在，靈魂的或者身體的。

戚岳陽是生活的一個過程，出現在松松的日子裡不足以讓她將最大的注意轉移在他身上，她跟本沒有心思理會他的事業與物質，她要解脫的想法已不是短時間，要解脫自己原本自在的靈性。

英俊逼人的曾強去了北京，在空軍指揮學院服兵役，他給松松寫信，字體很漂亮如他本人。

戚岳陽依舊找時間來學校醫務室看松松，他說：「還好，醫務室只有妳一人，要不然我不好來找妳。」

松松對他說了實話：「上班時間你來這裡本來就有點不太好，我不希望校長會認爲我工作不認眞。」

「這樣啊，」他想想：「松松，妳願意到我母親家裡去坐坐嗎？」

嚇了她一跳：「不！」

戚岳陽笑了：「別緊張，這幾日我母親去了成都，家裡沒有別人，我只是想請妳去坐坐。」

「那好，」松松對他說：「你來了好幾次了，上班時間這樣不好，你快走吧。」

戚岳陽笑笑，似乎她總是讓他有微笑衝動。出醫務室門口時：「松松，下班後我來接妳？」

松松想想：「不用了，你說地址我自己去。」

每一次他來醫務室看松松，會帶上幾本書籍，有新的也有舊的，戚岳陽像頭大象溫和有禮，笑起來的時候還是讓她看到叔叔輩的影子。但是她願意同他聊天，或許因爲有些方面有共同點，例如性格上他們同屬外在溫和，愛好方面都屬於比較喜歡安靜一些的活動。但是戚岳陽不這樣認為。

下班後回家吃過晚飯，然後對媽媽說自己出去走走。媽媽在松松上班之後就鼓勵她多交一些正直善良、有正當職業的朋友。她認為以松松的性格極易上當受騙；松松沒怎麼反駁，隨媽媽怎麼說，反正感受是自己的，有些話不一定對就當做耳邊風吹過去就完了，不放在心上。

出門的時候媽媽在收拾冬天的衣服：「幹什麼，去哪裡？」

「出去走走。」

「一個人去嗎，要不要等我收拾完了一同去？」媽媽問松松。

「媽媽，不用了。」事實上媽媽要一同散步的話，松松就會放棄去戚岳陽那裡。

外面冷，轉過一條街進一道大鐵門，正在看著門內兩座住宿樓發呆，似乎記得戚岳陽說是左邊的。

戚岳陽已走至她面前：「松松，跟我來。」他很自然伸出右手拉住松松的左手帶著她去他母親家。

戚伯母的家裡非常乾淨，客廳電視上方掛著一張發黃的老照片，裡面的年輕軍人一身國共時期的戎裝，要多有氣質就多有氣質。戚岳陽說：「那就是我父親。」

松松對他笑笑：「我猜到了。」

才發覺還是被他拉著左手，他也笑笑，鬆了手。讓女孩坐在沙發上，沙發前的茶几上放了一盤水果，有些蘋果、梨還有些大棗。

「松松，妳先吃點水果，」

她點點頭，戚岳陽打開電視，然後起身去泡了兩杯綠茶，一杯放在松松面前茶几上，一杯自己端在手中。

現在回想起來，戚岳陽總是讓她多講話，找很多話題問、對松松講，然後聽她怎麼回答、再對她講；

戚岳陽問她：「松松，看來妳平時在學校與同事接觸的時間不是很多。」

「你怎麼這樣認爲?在學校成天接觸的除了學生就是老師。」

他笑笑：「我是看妳比較內向；一般來說與同事接觸比較密切的話性格上就會相對開朗些，這個也許與妳獨自一間辦公室有關；松松，平時很少與朋友出去玩嗎？」

「很少，可能主要是我比較喜歡安靜一些。出去有什麼好玩的。」

「好玩的很多，」他說，想想再說：「不過這也要因人而定。」

「妳覺得我比較悶嗎？」松松不覺得自己是不會玩的那種悶，只是出於禮貌這樣問他。

「不會的，我覺得妳這樣挺好，眞的。」

松松笑笑。

戚岳陽又說：「松松，上次我問妳的事，考慮過沒有？」

到如今松松還是保有一份性格中的迷糊勁，更何況那時：「戚岳陽，什麼事？」

他將手中茶杯放在几上，坐過來一些，距離女孩近一些，松松看他想想、又沒說什麼；拿起一個蘋果輕輕削了皮放在松松的掌心。

松松對他說：「太多了，吃不完。」

戚岳陽劃開一半給女孩，另一半自己吃。他們沒有說話，靜靜看電視吃蘋果。這天晚上松松感覺他似乎比以往要好看些、熟悉些，他沒有照片中他的父親那樣殊勝氣質，但是戚岳陽五官也很不錯，而且對她很溫和，也許應該是「溫柔」。

「戚岳陽，我覺得你心理比你年齡要老些。」

他笑笑：「是嗎？為什麼這麼說呢。」

「感覺吧。」

「妳還感覺到我什麼？」

「你很成熟，」女孩說話很坦直而且不夠成熟。

戚岳陽很喜歡她的內向與坦直，哈哈笑道：「我三十二歲，與你相比能不成熟嗎？」

「不是這個成熟，我是說三十二歲，是年輕時期，但是你心裡很累的樣子。」

戚岳陽看看女孩，沒說什麼。松松意識到這樣很唐突：「生氣了？」

他笑笑：「怎麼會呢，我們是朋友，朋友之間交談本來就應該這樣輕鬆愉快才好。」

松松笑笑，沒再說什麼；電視一直開著，那不是她喜歡看的，可是在別人家裡還是禮貌一些好，若有若無地看；眼角感覺到有目光注視自己，從頭髮到鞋尖很仔細的注視她。知道是戚岳陽的目光，女孩沒有動，只是臉又開始發熱。

戚岳陽坐過來一些，輕輕拉著女孩一隻手；很暖和，可是松松不習慣，就縮回來。他笑笑：「松松，我這樣妳不習慣？」

點點頭：「不習慣。」那是因爲對他沒有拉手的感覺。

他輕歎：「也許，對妳來說我太老了，心很累的時候就會感到特別老。」

「你很累嗎？」

他點點頭。女孩笑笑：「可是看上去你不是很累那種。」

「爲什麼呢？」

「這段時間你來找我很多次了，你的生意荒廢了。」

他笑笑：「沒有，近期我在這一帶聯繫。」

她笑笑：「就順帶看看我了。」

「妳很在乎我是否專程來看你嗎？」

「有一點點，」如實回答。

他聽了很高興。時間已經不早了，對他說：「我要回家了。」

「是嗎……我送妳，」他拉住松松的手。

對他笑笑、縮回手：「你不要這樣，我不太習慣。」

他點點頭，送她到大門外，松松堅持一個人回去。戚岳陽說：「我看著妳走。」

戚岳陽一直站在大門看松松漸漸走遠，也許女孩太小了，靜靜歎口氣；天空還是深秋的淺灰。

松松回到家，爸媽在客廳看電視，松杉晚自習結束早回家了。媽媽問松松：「去什麼地方了，這麼久才回來？」

松松想想：「散步了。」

爸爸看看松松，欲言又止。媽媽正給外婆織毛衣，一面織一面看大女兒：「晚上出門要早點回來，再說……一個女孩子，交朋友一定要小心，不知道底細的，與自己年齡上有代溝的……妳在學校工作就是教師，舉止行動要注意。」

松松沒說什麼，進臥室，松杉正在做作業。她悄聲：「姐，媽知道了！」

她很奇怪：「知道什麼？」

妹妹看看臥室門，松松走過去輕輕掩上。

「姐，那個中年人是誰？叫什麼名字？」

「中年人？」知道說的是戚岳陽了：「他也不老啊，三十二歲而已。」

「反正比妳老很多。」

「瞎說。」

「妳喜歡他？」

「妳讀書去吧！」不再理會妹妹，松松起身去外婆臥室看看，外婆正盤腿念經，沒敢去影響。

癡纏不休

戚岳陽的別墅很寬，我住在那裡不是很習慣，通常我會選擇小一些的空間，相對更有安全感。

我的房子是妹妹空在中央花園的一套樓中樓公寓，我住了幾年，戚岳陽常說「松松，搬過來住吧。」

我是希望有足夠的私人空間，情人再親密也不能代替自己感受，我對感受向來看重，正因爲如此，二十歲之前自殺過兩次，沒有成功。

一直在想是什麼原因，我不需要這個身體，對這個世界也不留戀，茫茫天宇沒有收留自在靈魂之處，但身體也不是說捨棄就能捨棄的，明白這個道理之後才漸漸安心下來。

穿越成都市區的府南河花了二十七億整治好的那一年，聯合國人居委員會給成都頒發一個「最適合人類居住的城市」，妹妹松杉在成都發展，爸爸媽媽退休之後搬來與松杉同住在市中區一個環境很不錯的社區，我沒有與爸爸媽媽同住，最主要是因爲個人感情因素。

我與戚岳陽最終還是成了情人，在戚岳陽之前我的愛人是曾強，英俊逼人的空軍戰士，那個充滿坎坷的退伍軍人。

清晨總是在迷迷糊糊的狀態下開始，岳陽的手掌輕輕放在我的腹部，耳邊叫我：「松松，我去公司，中午起床記得給我電話。」

八點鐘的床像雲朵柔軟，感覺到岳陽在我臉上深深一吻，感覺到他起身下床，然後我繼續做夢。

這是在我的住處我的家裡，夢間隙裡面回復現實知覺，醒一醒又繼續睡著，我記得鬧鈴會在下午一點叫醒自己，這樣就安心了不再會怕被夢迷住出不來。

我的外婆說怕什麼夢呢，現實不就是在開眼做夢嗎。

從學校辭職後我搬到成都，戚岳陽開始正式陪在我身邊，我不再想去任何公司上班，在家裡面做些文字工作；戚岳陽爲我配置很好的電腦、佈線，帶我旅遊散心；他的事業做得比較大，整天忙碌，我們幾乎還是每一天見面，在我家裡的時間要多一些。他是一個很旺盛的男性，精神狀態與體重保持在很適當的程度上，事業與我是他的生活全部享受。

成功的男人總是會享受事業帶來的成功快感，並且會用盡精神與智力將這種狀態保持下去，城市很大、人也很多，成功只是少數人聚斂物質財富的詞語，更多的人在社會底層下面忙碌生活，也許忙了一輩子也不會知道一瓶軒尼詩．李察抵得上幾個月的工資。

我一向對於比較不感興趣，是因爲工作要求簽了一本書，內容是做一些比較，各種城市各種不同文化觀點之間的比較，挺無聊的，但還是會認眞做好各類比較，我也要生存；戚岳陽的錢是他的，我會自己養活自己，男人並不是在什麼時候都能靠得住，靠自己的雙手與智慧更加有意思些。

被鬧鈴叫醒，床對面是一面很大的鏡子，從地上直到天花板，每天我會觀察自己的狀態，精神平衡、體重保持、皮膚清潔、眼睛不乾澀，希望一切保持在能夠從容工作的狀態。

剛好照完鏡子，電話響了：「松松，起床了嗎？」戚岳陽在電話裡問我。

「起床了，正準備穿衣服，」我一面打開衣櫃。

「晚上想去什麼地方？」

「還早呢。」

「那好，晚上我們再聯繫，等我電話，我們一起吃晚餐。」

我笑笑：「好的，岳陽。」

放下電話，拿出一套衣服，通常不出門的時間居多，我的睡衣也佔據小半個衣櫃，洗過澡、換了套睡衣；牛奶我喝岳陽買的「安嬰」系列。

打開電腦先收郵件，在網路上找了份推廣工作，北京一家企業的 WORKHOME，我喜歡工作這與缺不缺錢關係不大，工作會讓我振奮精神。

三封郵件，一份是北京那家企業的公司老總看了我的企劃之後的意見交換、一份是 ICI 國際兒童基金會寄來的經典古籍資料、還有一份是一位寫詩的朋友寄來的問候賀卡，很快回覆過去，不會拖工作。

然後打開檔案，繼續做那本「比較」的書，剛簽不久的合同手頭上也剛開始進行，可能先前寫的目錄還需要修改，總是會在工作過程中發現自己更能掌握，這發現讓自己興奮，表示能力又會有進步。

以前的我不是這樣，這些似乎不能去比較，回憶並不能讓自己快樂；手指不停忙碌了一陣然後起身去倒水喝，感覺有些餓了，時間是下午四點半左右。

不知道吃什麼，岳陽比較講究食物，我以植物蛋白爲主，打開冰箱呆了幾分鐘還是決定出去吃飯，換上黑色修身長褲、同色高跟鞋、黑色緊身短袖羊毛衫，皮包裡面錢夾、鑰匙、手機、紙巾，還有一個小化妝袋，頭髮輕輕挽上去，確定自己沒有遺忘什麼再關上門。

車停在樓下車庫裡，剛好駛至中央花園大門，皮包裡電話響了，將車停在一旁拿出手機看看，是很陌生的號碼：「請問你是哪位？」

電話那邊回答：「松松，妳一定會感到意外，我是曉韻！」

曉韻，中學時期我最好的朋友，只是近幾年沒通音訊，我問她：「曉韻，妳好嗎？」

「我很好，這兩天我在成都開會，明天回去，妳的電話號碼是我打聽到的，在做什麼呢？出來見一面吧，我們好久沒見了！」曉韻的聲音聽上去成熟多了，有了女人味道。

「好，我正出來，妳在什麼地方？」

「金牛賓館，我在大堂等妳。」曉韻笑道。

「好的，我馬上過來，」放下電話，大約半小時我到了金牛賓館。

曉韻在大堂等我，我們兩人見面多多少少有些意外，曉韻一頭長髮現在變成很有韻味的短髮，中等適中個頭，化妝很細緻用心，淺色套裝、同色手袋，棕色皮鞋，曉韻拉住我的手：「松松，妳也變了。」

我們坐下，我問她：「我變得多嗎？」

曉韻仔細看看我，笑道：「模樣沒有變，不過神情與剛上班那會兒相比，清爽多了。」

我問曉韻：「怎麼現在才想到聯絡我？」

曉韻笑笑：「這幾年不是大家都在忙嗎？」她看看我：「我都聽說了，妳還好嗎？」

我笑笑：「都過去了，現在我感覺不錯。」

曉韻關切笑道：「妳現在結婚了嗎？」

我說：「結一次就夠了，再沒有這個想法。」

曉韻伸出一隻手放在我的手上：「眞的？」

「眞的，」我點點頭：「我們換個地方坐坐，我餓了，一同去吃些東西？」

曉韻笑笑，幾年時間沒有見面，我們的隔閡也不嚴重，至少一見面就問了私事。

曉韻上車後說：「這車眞不錯。」

我笑笑：「這車是戚岳陽的，我不喜歡本田。」

曉韻笑笑。

我問她：「我們去吃中餐好嗎？」

「好，」她點頭笑笑。

路上我問曉韻：「結婚了嗎？」

她說：「結婚快一年了。」

曉韻中專畢業後在一個小鎮上工作，兩年之後調進了鎮政府，現在她看她的著裝與氣質，應該在工作上還有些變動。上一次我們見面，曾強還在我們簡陋的廚房裡面做了幾個菜款待曉韻，幾年後我們再次一起吃飯是在環境很優雅的酒樓，男主人沒有了，女人依舊美麗。

我讓曉韻點菜，她接過菜單笑道：「我現在眞不知吃什麼好，看什麼都沒胃口。」

服務生送上綠茶，我們坐在包廂裡，下午的陽光斜射進來。

我們隨便點了幾個菜，我問曉韻：「喝點什麼酒？」

曉韻笑笑：「隨便好了，我是想和你說說話，吃什麼喝什麼隨意就好。」

點了一瓶紅酒，菜陸續端上來。

喝下一口酒，我也沒有什麼胃口吃飯，曉韻問我：「調來成都上班了？」

「沒有，」我對她說：「現在沒有心情在公司上班。」

她笑笑，喝下一口酒，壓低些聲音問我：「有男朋友吧？」

我點點頭，曉韻見過戚岳陽，一九九一年見過一次。

「我認識嗎？」她問我。

「很久以前妳見過一面，也不知道妳還有沒有印象，」好多年前的一面。

曉韻問我：「他叫什麼名字？」

「戚岳陽。」

曉韻看看我：「他對妳很好吧？」

我想想：「還不錯。」

「他想結婚嗎？」

「我們都沒有提過這事，沒有必要非得結婚吧，」我對曉韻說。

曉韻笑笑，很多年的友誼讓我們可以儘量問及私事也不會覺得有多過分，初一開始我們就因爲欣賞相互內向與坦直才迅速成爲好朋友。

「曉韻，這幾年妳呢，工作順心嗎？」前幾年我一直聽說她很順。

「還好，工作上還不錯，一直走上坡路。」曉韻的性情與處事如果曾強能學得到一半也不至於那樣悲劇。

「你沒去上班，男朋友給妳提供物質保障也不錯，這是女人的福氣，」曉韻長嘆一口。

「我一直是自己養活自己，」心裡有些疼，我沒有她說的福氣，而且曾強走了以後我再沒有認爲那是一種福氣。

曉韻笑笑：「我準備生小孩了。」

我笑笑：「有了小孩生活更加有規律。」

「眞的嗎？」曉韻笑道：「我可聽說小安現在還在爺爺奶奶身邊，妳這個做媽媽的還眞輕鬆。」

我對曉韻說：「如果我帶走小安，曾強爸爸媽媽會很寂寞。」

曉韻歎口氣：「曾強走得太早，可惜！」

曾強幾年前去世，我們的女兒曾小安還陪在小鎭上爺爺奶奶身邊，等小安滿七歲，我再去計劃安排她來我身邊上學。

「人的命運不同嘛，沒什麼可惜的。」我對曉韻笑笑。

曉韻說：「我先生是一位很普通的公務員。」

曉韻還有位很好的男性領導知己，前幾年我聽說過，所以她在鎭上能夠從一名普通工作人員很快轉爲幹部，一年多後跟隨領導上調，兩年後自己再闖出一片前景，在另外一個鄉鎮擔任副鎮長職務；副鎮長做了近兩年，聽說再次調回縣上成了某局副局長。這些只是聽說就夠複雜，我對她沒有任何偏見，她那位男性知己幾年前我在縣城電視臺新聞裡面見過，大概是在做年度系統總結，現在應該高升了。

小縣城就是那樣鬧心，如果曾強還在，我也會繼續在那裡待著，從某一點，曾強的死解放了我。

飯後我開車將曉韻送回金牛賓館，曉韻職務也會高升，這能夠從她的氣度與眼神看出來，臨別她送給我一張名片：「松松，可能很快我會調進市政府，到時候我給妳電話。」

我點點頭，曉韻再說：「下一次我們見面，請戚岳陽見一面吧，我想見見最好朋友的男友。」

看她走進賓館大廳，這一次見面並不讓人愉快，我發現自己還是不願意見到與以前有關的人事。

夜晚了，似乎在飄細雨，車停在路旁，我不願意去想曾強，就打電話給戚岳陽。他在電話裡問我：「在哪裡？松松，我還在公司，可能要加班。」

加班是很平常的事：「我在外面隨便逛逛。」

岳陽說：「松松，我想見妳了。」

「你在加班，我先回家，下班了你再給我電話。」

岳陽說：「那好，等我電話。」

戚岳陽很有商業頭腦也相當敬業，他與戚伯母住在一個別墅社區，我不是常去他家。

回家不久接到松杉的電話，她告訴我今天上午曉韻的電話打到她的家裡，從那裡知道了我的電話。

每個人都在被環境改變，曉韻的變化與我同樣大，也許很多在潛意識裡面早就存在，現實一點點喚醒。我對松杉講我與曉韻下午見面的事，松杉提醒說姐姐已經很久沒有去她那裡見爸爸媽媽。

屋裡安靜輕鬆，下午讓我不愉快的感覺現在開始彌散，自從見到曉韻之後就開始有隱約難受，我對曉韻沒有任何偏見，她的前途是自己混來的、自己爭取到的，儘管她的事早在幾年前就傳遍小縣城，多少年輕能幹的男性也不能得到的機遇在她身上一直地出現。

事情見多了也就看得淡了，曉韻也有付出、幾年青春的付出，偷偷做頂頭上司身後的另一個女人，死心塌地付出一切也得到了自己夢想之外的財與權。

只有曾強那樣的傻瓜才會去相信等待與踏實。

門鈴很刺耳讓人一驚，起身開門左手感覺很沒有力氣，無名指上藍寶石戒指讓手指疼。

岳陽一面進屋一面問我：「松松，怎麼臉色不太好。」

已經是晚上了嗎，我還沒有發覺自己呆呆坐掉一些時間。

關上門岳陽擁住我：「今天想我嗎？」

「想，現在更想，」戚岳陽的旺盛足以讓我醉生夢死。

岳陽抱起我：「怎麼想？」

我對他說：「今天晚上更加會想你。」

第一次與戚岳陽做愛是在我的婚姻生活相當艱澀的時段，曾強一直對我不好，結婚幾年我就沒有開心過，戚岳陽在我什麼都艱難的情況下再次出現在我面前。

那是一九九九年，還是在那間醫務室裡，我的頭髮幹練地挽上去，當時穿了白大褂，醫務室地面放了很多中醫成藥，我正埋頭收拾分類，臉上一個大大的白口罩隔離開藥裡飛塵。

不知道戚岳陽在門口站了多久，我轉身抬頭覺得很暈，只想坐下來休息休息。

「松松！」有人在門口叫我的名字。

我知道是誰，只是有些不習慣這樣從心底的東西。

好像隔了幾輩子不見了，岳陽看上去老了一點，眉心有絲絲憂鬱；一段一段的熟悉成熟潮水侵襲上來，心裡面倒抽一口氣，他的種種溫柔竟然浮現出來。蕩漾在一潭死水的我的婚姻生活裡。

我摘下口罩，對他笑笑。

岳陽說：「松松，我可以進來坐嗎？」

「請進，」我對他說。

醫務室椅子上放著一袋袋成藥，沒地方可坐，岳陽笑笑，唇角微微動動，鬍鬚修得很乾淨，膚色微黑，髮型很合適他的沈穩氣質，還是深色系列服飾，岳陽皮膚透出的氣息開始讓我敏銳感觸到。

岳陽說：「松松，現在看來妳很繁忙。」對我說話時聲音還是那般低沈的溫柔，溫柔到可以殺死我爲止。

我起身將自己的椅子讓出來：「你坐這裡吧。」

岳陽並不推辭，在我身邊坐下來，順手將黑色公事包放在我的辦公桌上。隱隱看見他有些微華髮，「怎麼你有白頭髮了？」我伸出手指選準一根：「岳陽，我替你拔一根下來。」

岳陽沒有動，我輕輕帶勁拔下一根，送到他手上。

岳陽抬頭看看我，接過白頭髮，對我說：「我老了。」

「四十一歲，不老。」很吃驚自己這樣快報出他的年齡，四十一歲正是成熟的年齡。岳陽給我的印象一直是成熟。我的先生曾強可能到了六十歲也不會達到我想要的成熟。

感覺離他太近了，我退了兩步站在資料櫃旁。

岳陽說：「爲什麼離我這樣遠？我讓妳感到非常陌生了？」

暗地擔心曾強會忽然出現，這樣又會驚天動地讓我心力憔悴。一刻間覺得自己好可憐、在曾強面前活得沒有一點尊嚴；是的，如果要形容自己婚後，就只能用「沒有尊嚴」。

我不能離婚，就只能沒有尊嚴的活在兩個人的屋簷下。

岳陽問我：「松松，妳結婚有五年了？」

我點點頭。

岳陽說：「我們八年沒見了。」

時間切割，留下與不留下有什麼區別嗎，似乎沒有，反正到最後誰不是一堆枯骨。

看岳陽五官身形，熟悉一層層剝開歲月外殼，他藏在裡面，一直是藏在暗暗的角落，生滿了浮萍長滿了綠苔。

岳陽從手中公事包裡拿出一張名片，站起來，走前兩步，雙手遞給我：「松松，記住我的電話，記得聯繫我。」岳陽說話還是那樣的神色，不經意間會露出深藏的神采。

我接過名片，沒有看上面印些什麼，對我，印些什麼不重要。這一刻看見他，感到這幾年的婚姻生活好累好累，折磨得我在軀殼以內根本不成人形，我還得每一日安安靜靜地掙錢養家，養我沒有收入的先生曾強，我不能怪他，正如他不能怪地方財政。

岳陽問我：「在想什麼？」

當時岳陽一句「在想什麼。」

想什麼？

想我應該換一種方式生活，我真的應該換一種方式生活，換一個能夠養活自己的男性。曾強有很長時間拿不到工資，加班又是常有的事，日積月累讓我很累，一腔怨氣。

岳陽看出我有一份失魂落魄，輕輕問我：「今天換個地方見面，方便嗎？」

抬起眼睛對他笑笑：「當然，方便。」

岳陽笑了，還是那樣含蓄溫柔對我微笑，伸出一隻手輕輕握住我指尖，他的掌心溫暖我的指尖溫度有些低，岳陽輕聲說：「松松，我很想知道妳的情況，你的很多情況，」他看看手錶：「快十二點了，中午一起吃午飯好嗎？」

我看看岳陽，笑笑，感覺到自己笑得有些不自然、笑得有些陌生。

岳陽說：「我還是將車停在校門外遠一點，好嗎？」

我笑笑：「好。」

岳陽還要說什麼，我先說了：「你走吧，中午學生排隊放學，我還要送學生路隊。」

岳陽看看我：「那好，我先走一步，我等妳。」

我點點頭，岳陽再對我笑笑，然後轉身走出我的辦公室。

我換下白大褂，洗淨了手；外面放學信號大聲急促響起。

送完學生路隊再往回走，沒多遠就看見一身莊重的威岳陽站在白色本田前專注看我走近。

就像八年前我走向他那樣，岳陽替我打開車門。

他沒有轉變多少，坐在他旁邊慢慢地我感受到了，心底希望他身上還有那種迷醉過我的青草香，自然不著痕迹。

兩個人沈默坐著，岳陽開始發車，穩穩開車，不需要問什麼，我想逃，如果沒有女兒，我眞的想什麼也不說坐在他旁邊，去哪裡，也勝過回到曾強身邊。多少年前沒有來得及愛就失去的，忽然間回來，反而不眞實般，有些想哭有些想笑。

岳陽問我：「妳在想什麼？」

我搖搖頭，說不出口。

車一直向前行駛，眼角餘光闖進岳陽的下半身，好幾年前與岳陽的親熱纏綿開始讓我的手指尖有絲絲熱氣反應，我知道我在想岳陽的身體，世事就是這樣弄人，當時如果我是個性格稍微潑辣的女孩，也許將自己給了岳陽，反而可以獲得勝過現在很多倍的疼愛與溝通。

我還是逃不開掙不了。

「一直在想事嗎？」岳陽看看我，眼睛裡面的埋怨雖然隱幽，我還是看出來了。

我點點頭。

「是，我也有很多事翻來覆去地在想，」岳陽說。

想想，對他說：「岳陽，我們去遠一點的地方吃午餐，我想換個環境。」

岳陽點點頭。

那天是第一次與岳陽去王子大酒店。

出了電梯迎面一張大鏡子，很讓我欣慰的是我的容顏並沒有改變多少，這讓我增添了很多信心，我還有能力面對一切。一切又是一些不很確定的現實，彷彿可以鎖住我，彷彿是我在鎖住關於自己的一切。

岳陽說：「先去吃午餐好嗎？」

我點點頭，走在他身邊，酒店走廊像在做夢、我們夢遊其間，夢裡知道自己在做夢的感覺，好似淹進紅塵不得出離。

餐廳很寬敞很乾淨，岳陽慢了半步、輕輕挨著我的手臂：「妳來選位置。」

我選了左面靠窗的餐桌，條形桌，我與岳陽相對而坐；餐廳招待很快倒上綠茶，送來濕巾；不知岳陽怎樣，我已經沒有了吃飯的興致，只是想說話，與岳陽說說話，讓他問我、讓我回答，彷彿有什麼全可以對他說出來。

侍者送上菜單，岳陽伸伸手掌示意侍者交給我，我接過來，胡亂點了幾個菜。

岳陽說：「松松，我一直想知道，妳過得好嗎？」

不知怎麼回答，好不好不是說出來的，我的身體經過的那麼多好與不好，現在說出來還有意義嗎，當時的感覺畢竟永不可能再來一次，再來的只是此刻，而此刻又很快成爲過去、留不住的過去。

「松松，」岳陽再次叫我。

分神的習慣總是潛藏在某處牽制自己，所以我的那份懦弱讓自己在人世渺小可憐。

菜已經陸續端上來，裝在過分精美的餐具裡面。

「岳陽，我不想吃東西，我想和你說話。」我定定神、看岳陽的眼睛。

岳陽對侍者說：「我們這裡買單。」

酒店十七樓的房間裡，兩張單人床，兩張舒適的沙發，我們分坐在沙發裡面，岳陽倒杯水遞給我，接著再爲自己倒上一杯，沒有放茶葉，清清爽爽的熱山泉。

屋裡很沈默，岳陽說：「這樣的情景好像不現實，松松，妳不知道我鼓足了多大的勇氣。」

「現在才來找我。」

聲音太低了，岳陽沒聽清楚：「松松，妳說什麼?」

「現在才來找我嗎?」我對岳陽說。

岳陽放下杯子：「我講給你聽這幾年我的工作生活。」

我站起來，走至岳陽身前：「岳陽，我不想聽，說的是過去了，我只是想感受現在。」

戚岳陽的唇還是溫柔還是溫柔，沒有做愛的衝動，我只是想找回當年與岳陽親吻的感覺，這麼久以來，曾強的拳頭與言辭讓我輕輕愛過岳陽的這些回憶憔悴乾枯。

我需要岳陽親自滋潤，岳陽現在很成熟，只是不再像我的叔叔，像我心靈裡最般配的情人，這些原本與身體與年齡無關，與我知道他知道我有關。

「松松，」

我不想讓他喘氣，不想讓他講話，繼續貼近我的岳陽；

「岳陽，我不想做愛，」我拉下他的手，讓他放在我的腰部。

「松松，我想，眞的很想，」岳陽含住我的耳垂。

我問他：「有多想？」

岳陽將我的腰部再貼近，用身體告訴我他有多想。

我與曾強也有做愛的時候，儘管少的可憐。短得可憐，曾強爲生計操心，也更加對現狀無能爲力，他不是個懦弱的男人，換句話說他太相信地方政府的英明。

「岳陽，我不想，」我只是想找回當年與岳陽纏綿的回憶感覺，這一刻，我找回來了，僅此，足夠了。

這之後，我與岳陽因爲時間造成的陌生悄悄彌散開來。我們見面至此，兩個人的頭腦才開始恢復正常理智。

岳陽鬆開我一些、再鬆開我一些，我的臉輕輕貼著岳陽臉龐，即使面對理智，我仍不願鬆開，這樣多好，我感覺我的岳陽又回到我的身邊。

「岳陽，我們不需要做愛也能表示彼此的，對不對？」我在耳邊低低問他。

岳陽點點頭：「是，是的，」他再問我：「松松，妳怎麼啦？」

我告訴他：「剛剛坐進你的車裡，那一刻我想和你做愛，可是現在我們這樣沒有距離，我的身體似乎乾涸了，沒有能力用身體愛你。」

感覺有些沮喪：「岳陽，我讓自己失望了。」

自己不能與岳陽做愛，除此，此刻我拿什麼去愛岳陽，是的，是愛岳陽，這樣的愛不是做出來的，是原來心裡就有的。

「妳在想什麼？」岳陽並不放棄，他想試試嗎？

不能告訴他我剛才想到曾強，我與曾強在床上總是充滿罪惡壓迫，這些東西剛才就擋在我面對岳陽之間，想得見摸不見的，仍然可怕可惡。

岳陽一面咬住我的耳垂一面輕輕解開我的衣扣，我順從地讓他再次貼近貼近，岳陽身後的鏡子裡，兩個人癡纏不休，希望岳陽喚醒我與他做愛的每一點細胞。

衣衫被他溫柔解去扔了一地，裹在雪白床單裡像在母體子宮，岳陽輕輕含住我的乳頭舌尖不停挑逗，他很享受吻我身體的感覺，每一寸肌膚散開在床單上的氣息送走年歲給人留下的眞實與否的疼痛，刻在骨上的喜怒哀樂浸透髮絲的七情六慾，指尖滑過皮膚是別人的勝過自己的痕迹，軟弱可憐的魂靈找不到家在哪裡，愛一個人只是這一世的緣分，這一次做出來的兩情相悅交融山水風雲，擊撞通透。

岳陽舌尖開始淺嘗我的私處，堅硬挺拔不休不止直至我的腰身開始復甦，開始忘記一些、再忘記一些與那個男人的不愉快，岳陽不讓我躲閃，舌尖開始挺進裡面，下巴上的鬍鬚感覺全面趕走最後一丁點陌生隔閡，我們不可能再有什麼距離之類的傻話，岳陽已經讓我濕透了；

很想讓岳陽感覺到我的顫動，慾念罪惡之火從腳心開始燃燒，他問我：「要我嗎？」

「快！」岳陽快一些來。

戚岳陽全部地壓在我身上，我想知道他有多長、有多硬。

戚岳陽用手指輕輕分開，他眼睛裡還有笑意，下面開始了猛然挺進，狠狠地進、狠狠地進、狠狠地進，緩緩地出、緩緩地出、緩緩地出，他說他想我、想我，想這樣幹我，這樣幹掉美麗的我，這樣弄死迷死他的我。

戚岳陽一點也不憐惜，我的身體清瘦，乳房被他折騰起伏讓我感到累了，戚岳陽還是衝鋒陷陣毫不退縮失魂落魄；戚岳陽猛地翻身，讓我騎上這匹野馬般的中年男士，他的雙手仍然不放過我圓潤的乳房；戚岳陽這個人就是這樣喜愛在私下裡表達他對我最深的疼愛，我們後來在公眾一些的場合，戚岳陽與我很自然的拉開一些距離，什麼人看上去，我與戚岳陽關係也不可能親密到那裡。

戚岳陽雙手移至我的腰部，幫助我的扭動，我知道他需要什麼樣的過程，拂開他的雙手，我會的，我知道你需要怎麼樣。岳陽再拉住我的雙手十指相交，在我很累我的腰快斷了，戚岳陽忽然伸手固定住我的身軀：「松松，等等。」

岳陽將我拉下來、整個地貼在他身上，戚岳陽說：「松松，等等，我要讓妳感受到最美妙地滋味」。

我們已經汗珠淋漓，岳陽撫摸我的頭髮：「松松。」

「幹什麼?」

「不幹什麼，」戚岳陽笑笑。

「戚岳陽。」

「幹什麼?」

我笑笑：「幹你。」

戚岳陽翻上我的身體：「看我怎樣幹掉妳。」

我們換了後位姿勢，戚岳陽溫柔的鞭子不停抽我不停抽我，抽到最後，我開始對岳陽說：「岳陽，放過我好嗎?我好疼、好痛。」

「不行，當初放過妳，已經是我最大的錯，現在我要找回一切屬於我們之間的感覺。」戚岳陽還是抽動不休。

「我找回來了，眞的，岳陽。」

「不行，妳欠我太多，我也欠妳太多。」戚岳陽的鞭子粗壯雄威。

「岳陽，我要死了！」

「眞的要死了？」

「眞的，」我拼命點頭。

他不相信，再問我：「眞的要死了？」

我點頭、點頭；

戚岳陽停住抽動，好溫暖的東西交融進我們兩個人的那個身體。

如露亦如電

當初是松松父母堅決反對女兒與戚岳陽交往，他們不可能認可一個大女兒十四歲的中年離異男子；整件事，沒有人問及松松的感受。

與曾強的婚姻多半也是父母的意思。一九九一年，剛好認識松松的那年冬天過後，戚岳陽去西藏做業務，臨走前特意回小縣城見女孩一面，他開始很放不下松松，外面的女人很多，外面想要戚岳陽的女人也很多，戚岳陽只是想要松松。

戚岳陽並不知道松松是個問題女孩，她的問題出在心裡，想要解脫身體束縛已經不是一天、兩天的想法。

至於戚岳陽這個人的出現，媽媽先是聽見教委一位女同事提起，之後又隱約聽一些同事說，畢竟大家不會太過於將這些當作很有意思的事，含蓄地說兩句算了，有時候是玩笑。

媽媽很在意，這樣的心裡使得媽媽時常有意無意提到一些家庭教養、社會議論之類，爸爸也會用憂心的目光審視女兒；這些讓松松感到情緒壓抑。

那段時間松松認爲自己在坐牢，學校醫務室的工作不是她眞想做的，這一切愈來愈讓她感到身心被壓制住。

身體坐在不得已的地方有沒有多少反抗結局，造成她這樣心理的，還有一些影響來自思想，她喜歡看《老子》看莊周〈逍遙遊〉，身體是軀殼、自由的是精神，日子有很多不得已看上去完全不是自己眞正想要過的。

松松去過峨眉山好幾次，迷戀山色風物，寧願長久寓居峨嵋。

只是當時她沒有意識到，自己進入了另一種怪圈；對於文化精髓從表面理解的怪圈。她想逃避紅塵，一直想，初中時期就這樣想過。滾滾紅塵是什麼樣的地方？邪惡、醜陋、窮困、欺騙、骯髒，還有逃不開的緣分。

把握不好自己，所以在上班後第一學期那個期末，元旦節假期的前一天晚上，她吞下十片安眠藥。還有什麼比得上長久安靜更能適合自己的？

她甚至聞見一片青草香。

傻女孩子，自殺能夠解決問題嗎？那麼多問題全部出在她的認識上。

那年元旦三天假，全家圍著她憂心忡忡，爸爸去住院部拿了點滴架立在松松床頭，輸了兩天綜合維生素；沒有人知道這個女孩子得了什麼病，爸爸定結論說，是體質虛弱引發的神不守舍。

捨的不過就是身體；松松並不認為身體帶給她什麼益處，身體是累贅是牽掛是多餘的東西。

十片安眠藥，竟然沒能奪去她的生命，只是在家裡臥床休息了三天，醒了又夢夢了又醒的；她還是沒有收穫，捨不掉任何東西。

沒有人知道病因，媽媽那樣堅強的人也只是暗地擔心掉淚，外婆整日忙著熬湯為松松補身子，一面埋怨爸媽將松松管得太緊，老人眼裡她永遠是九歲以前睡在自己腳邊不會惹事也不願多說話的小孩。

假期結束了，松松還是萎靡不振，媽媽去學校給她續假幾天；她可以坐起來靠在枕頭上休息，安眠藥並沒有使她變得遲鈍，反而她想起了很多自以為已經忘得差不多的事，傻傻地想，沒有說一個字。

媽媽又在一旁。松松想了想：「媽媽，我想出去走走。」

「不行，外面很冷，妳太虛弱了。」媽媽立即回覆。

「躺了幾天，我想走走。」松松看著媽媽，堅定倔強。

兩分鐘之後媽媽點點頭：「穿上羽絨衣再出去，走慢一些，走一小圈就回來，千萬不要再著涼了！」

松松點頭。

媽媽「唉」一聲：「還是我陪你妳。」

松松堅定說：「我要自己走。」

不再勉強，媽媽想也許是從小將她看得太嚴了。

已經臨近黃昏，風很冷，她以爲沒有人可以替她思想，所以還是自己解決的好。解決不了自己的身體，只是感覺更加孤獨，從很遠地方出發後到達的孤獨。她想見戚岳陽，很想很想，就因爲孤獨。

走至戚岳陽媽媽家樓下，愣愣神，再慢慢上樓，有些氣力不繼，輕輕敲開門。開門的是一位長相很端莊的阿姨，阿姨大約六十歲，一身暖色冬衣，她問松松：「你是？」聲音聽上去很柔和。

松松點點頭，她猜到是誰了：「您是戚伯母吧？」戚伯母點點頭笑笑。

女孩說：「戚伯母，我叫松松。」戚伯母顯然聽戚岳陽說過，伸手拉松松進屋，然後關上門，屋裡很溫暖。

戚伯母笑笑：「松松，我們岳陽時常向我提起妳，眞不巧，這些天岳陽一直在重慶忙沒有回來過。」

「噢，」松松說：「那，我先回家了。」戚伯母還是拉著女孩手：「松松，坐坐吧。」

松松搖搖頭：「不了，我要回家了；戚伯母，再見。」戚伯母輕輕放開松松雙手：「這樣，岳陽回來或者他打電話回來，我會轉告他。」

松松笑笑，點點頭，無限失落。

只得回家，家裡已經擺好晚餐，主菜是雞湯燉山藥，媽媽讓她必須喝下兩碗湯，藥補不如食補。

第二天除了外婆與松松，其餘的上班上學，家裡還是那樣安靜與整潔。

下午四點左右，外婆出門走走，松松靠在床上看書，聽見敲門聲，打開很意外看見戚岳陽風塵僕僕站在門口。

「松松，你好嗎？」他站在門口並沒有要進門的意思，滿臉關切。

松松點點頭，看看他。戚岳陽讓她心裡好受些。

戚岳陽低聲說：「昨晚我打電話回家，我媽媽說你找過我，所以今天清晨我就開車往家走。」

戚岳陽頭上身上飄有雪花痕迹，她向外看看：「下雪了？」

戚岳陽笑笑：「是的，下雪了。」

松松想想：「你進屋來吧。」

戚岳陽笑笑，依舊低聲：「松松，看見妳就行了，我就不進去打擾你們家人了……不過，你臉色不太好，身體不舒服嗎？」

樓梯上有人路過，松松說：「你還是進來吧。」

戚岳陽笑笑，點點頭走進屋，看見松松家整齊潔淨，客廳牆上掛了長幅裝幀好的〈逍遙遊〉。

「謝謝，」戚岳陽接過松松端過來的茶杯：「松松，這幅字不錯啊。」

坐在他對面的沙發裡，松松笑了笑：「我花了很大周折請人寫的，用了差不多兩個月的工資。」

戚岳陽很認眞地觀察，從頭到腳。松松被看得不好意思起來：「你看什麼？」

戚岳陽笑笑：「怎麼，現在就你一人在家嗎？」

松松點點頭：「全出去了；這幾天我身體不太好，請了假在家休息。」

戚岳陽說：「我剛回來，才去過你們學校，看見醫務室門關著還以爲你上課去了，出大門的時候門衛說你生病請假在家休息，所以，我比較冒失直接找上門來，你怎麼了？什麼地方不舒服呢？」

松松將電暖器拿過來放在戚岳陽腳邊，打開它，戚岳陽的臉色被映紅發亮。對松松笑笑：「好暖和。」

松松依舊坐在他對面，沈默看著他，不知道心裡想什麼。

戚岳陽察覺到松松情緒反常，關切：「松松，妳怎麼了？告訴我，什麼地方不舒服？」

松松看看他，依舊無言，一多半的心被誰拿走了，又沒有力量說什麼，一個女孩子被自己禁錮得厲害。搖搖頭，隔著沙發她的細長手指放在戚岳陽手臂上，搖搖：「你先回去吧。」她不願家人回來看見戚岳陽。

點點頭，他伸手想握住松松手指，她縮了回來。戚岳陽站起來：「我先回去了，松松，有什麼事如果願意對我說，來找我好嗎，這幾天我會在家裡……」

領會他的善意，戚岳陽來家裡找她會有諸多不便。走在松松前面，他的身影成熟，溫和，老，還有一些讓她有淚水的。

只是將他送到家門口樓梯前，戚岳陽轉過身想對松松說什麼，松松退兩步回到家裡，輕輕掩上門，沒有看他下樓。

夢從來就不是不切實際的東西，它是療傷的植被是懷念所有過程的溫床，安眠藥效慢慢從松松體內消退，她就沒有了白日做夢的飄忽。日子在她又開始成爲學校、工作、壓抑天性的代言，她嚮往的自在生活只是夢裡一片海闊青草，沒有翅膀的女孩，沒有選擇的可能；戚岳陽站在青草那一方，比夢還不切實際。

戚岳陽來看松松之後的第二天清晨，松松對媽媽說明天準備回校上班，媽媽不同意，一面吃早餐、一面分析：「再休息一兩天，你照鏡子看看自己模樣，走路都會飄！」爸爸同意媽媽的意見，囑咐松松按時服藥。

昨天下午戚岳陽離開後，松松將給他的茶水端到陽臺，倒掉了，濕茶葉用手指輕輕拿出來放在花盆裡。離開上一次戚岳陽開車帶松松去曉韻學校已經兩個多月了，她開始認真去感覺，感覺到戚岳陽心裡有她的影子，就是這樣感覺到的，有些依賴第六感，事實上她的這種感覺非常敏銳。她是喜歡依靠心裡看世界的人，直到現在也是這樣。

猶豫了許多次，還是決定去戚岳陽媽媽家，她知道他一定在家等她。

繞過學校門口那條道，從另一條街到戚岳陽媽媽家。輕輕敲了三下，開門的是戚岳陽。

松松站在門口，蒼白瘦弱；可是岳陽一眼看見她裡面藏有無窮生命力，藏在她虛弱身體裡面，岳陽很快拉著松松手心，拉她進屋。

戚伯母坐在客廳，看見松松進來，起身笑道：「松松，快坐！」

松松笑笑：「戚伯母，您好。」

岳陽讓松松坐在取暖器前，他穿了件黑色毛衣，黑長褲，黑皮鞋，神色沈穩，只是眼裡似乎有點點疲倦。

戚伯母倒了杯熱果汁遞到松松手上。

「謝謝，」松松接過來，放在茶几上。

戚伯母笑笑：「岳陽，你陪松松坐坐，我出去買些日用品。」

岳陽點點頭，戚伯母圍上圍巾、輕輕拉好門。

岳陽拉著松松手，松松站起來，岳陽說：「松松，妳一定有很大的心事，自己不能夠完全解決，所以才這樣憔悴，我說對了嗎？」

松松沒有看岳陽眼睛，這麼近距離面對一位成熟男性，她不習慣。她寧願將自己封閉一千遍也不願意將最深的心事說出來，從小就這樣。

可戚岳陽不願意放棄走進松松心靈的機會，他知道松松這會兒需要有朋友細細地關愛細細地追問。不知道這個女孩被什麼心事纏地這樣難受，岳陽開始很心疼她，開始下決心慢慢去讀懂她，從很深的地方，他是願意牽著松松的手一直走一直走。

「松松，我在外面跑的地方多了，見的人也多了，我知道很多女人需要什麼用什麼樣的方法想要得到什麼，也許正因爲如此，我更需要一位像你這樣的女孩，我也希望你能夠認同我當我是你最知心的朋友，我們互相交流互相關心，松松，你願意嗎，願意接受我嗎？」岳陽輕輕捧起松松雙手，握緊她十指，她的手指無力被動。

松松看了他足有兩、三分鐘，方才說：「可是，你一點也不瞭解我。」

岳陽說：「給我機會，我會讀懂妳。」

松松掙扎十指，他鬆開她手指，輕輕將松松抱在懷裡，他不能用力，擔心這樣會讓她害怕溜走。

她輕靠岳陽：「第一次被人這樣抱著。」松松離開岳陽懷抱，站後一點：「可我不太習慣。」

「會的，會習慣的。」岳陽輕輕抱回她。

「我一直在試著習慣，自己願意的自己不願意的，沒有誰問過我到底是否願意去習慣，工作也好，朋友也好，甚至我的生命，我不習慣讓自己這樣生存。」松松這一次靠在岳陽肩上閉著眼喃喃自語。

岳陽聽清楚了耳邊的話，他將松松抱緊了些藉此鼓勵松松繼續說出來，說出來會好受些。

「所以，我想著換一種方式……可是你會發覺這樣的可能性幾乎沒有，我有爸爸媽媽有很多家人，自己想逃，逃不出責任義務，就這樣了，又會感到鬱悶壓抑，越積越多積到後來自己身體承受不了壓抑份量，就想，不要身體總行了吧，可是……我還是在這裡，絲毫沒有離開。」

岳陽聽完，慢慢回味，他開始有點害怕，這個女孩子會不會因爲某種心態產生毀滅自身的行爲。聯想此次見到的松松一副病態，神色銳減、中氣不足，岳陽捧起松松臉頰：「松松，妳？」

松松看見他眼裡的問句，許久，點點頭：「我這樣做很傻嗎？」

岳陽心裡一疼：「不傻，松松，妳只是不知道該如何表達。」

沒再說話，她的眼淚浸透他的肩，黑毛衣濕了一大片。她覺得今天來找戚岳陽似乎已經達到了她要的目的，是，應該是目的，走了一大段澀路之後見到一個可以交流的物件。

目地達到，再留下去還有意義嗎，松松擦擦眼淚：「我該回去了。」

岳陽很想再留她一會兒，但是看看松松，就沒再說出自己的意思，他只是對她說：「洗洗臉，好嗎？」

岳陽帶她去洗臉，爲她倒熱水，拿出新毛巾；鏡子裡松松看見自己滿面淚痕，洗過之後，面上熱熱的，幾分鐘後漸漸恢復原先的白淨。岳陽一直站在一旁，看鏡裡的松松；松松只是在看自己，心無旁騖。她轉過來說：「謝謝。」岳陽笑笑，表示心甘情願。

岳陽送她到大門口，松松停下來：「我走了。」

岳陽笑笑，對松松低聲說了句：「記得聯繫。」

松松笑笑，沒說什麼。

戚岳陽寬裕溫柔，給她留下很多好的印象，埋在深地方的，在戚岳陽面前很自然就那樣願意地對他說。

性格養成不是幾天，松松很小的時候被人強暴，她一直想忘記，要從根本上忘記。除了那個人，除了小女孩自己，除了那晚電視上的日本兵，再沒有任何片斷，沒有疼痛留在身上，時間會像剪刀一點點剪斷，時間也會風化那些。

有一句偈：如露亦如電。

既然什麼也留不住，痛苦也會同樣，留不住。

生命很早就告訴她這個眞理，只是代價同樣需要付出，岳陽沒有要求松松任何東西，是曾強，讓松松在以後的日子還足了代價。

第一次安定之後，她開始感到過程變了，條理開始清晰，語言開始簡潔，削弱了以往一些繁複，有節奏，有感覺也跟上動脈那樣的流速。

媽媽感到女兒一些變化，身體復原、精神漸長，只是還不太願出門找人玩，下班之後多是在家看書。

戚岳陽，就是這個人，媽媽聽見又有人開始說起。沈寂了兩個月，這個名字開始壓在媽媽心裡。成什麼體統！這個人踏進自己家門也會是恥辱。

松松銷病假回校上班，空堂時間依舊待在醫務室備些課看些書。因爲偏好，閱讀久了自然背下四書、老莊之類，還準備看看五月成人高校招生的有關書籍。

也許是讀久了自然生出一種靈犀，知識相通，沒有本質上的學科分別，猶如智慧，是每一個人都擁有的，只是發掘不同而已。

戚岳陽想結婚，一心想著有一天能夠將松松娶進家門。生意在成都，有些時候要到處出差，一有些空，他就會回來小縣城看松松，看媽媽。

去學校醫務室看松松，女孩只是對他講一些成熟男子聽來有些不著邊際的，不痛不癢的，一點沒有讓岳陽看見希望，也沒有看見死亡。松松不是有意這樣，她是很本色的，只是比較小心，喜怒不太形於色，與其反對不如不開口，如果開口，松松很坦直。

岳陽看來，她有些冷酷，對一切隔岸觀火狀。

去醫務室看松松，會帶給她一些小禮物，一小袋包裝精美的好茶葉、一個文革時期的茶杯、一兩個木頭雕的小面具；總之很小巧很小心，她不是追求物質享受的人，禮物重了也不會要。

作爲回報，松松只是每一次岳陽來辦公室時便給他倒杯水，她不讓岳陽久坐，沒有解釋，幾分鐘後，只是說「你該走了。」杯裡的水溫放恰到剛剛可以喝，岳陽也不急著走，總是將水喝完了，笑笑，問：「松松，到我家來坐坐好嗎？」她不回答，他也笑笑，然後走出去。

他有感覺，這個女孩子對自己的警惕消除多了，更多了親切感，而且，他發現松松有些不太願意直視他的目光。應該是個好兆頭，懂得在自己面前害羞了。而且他那天聞見松松身上有一種很好聞的味道。這些已經足夠了，戚岳陽知道自己不會再去追逐什麼女人，也沒有必要了。

只是，松松的家庭，讓戚岳陽感到壓力重重。

戚岳陽找過松松的當天，松松有時會在晚飯後去戚伯母家，在岳陽的臥室談天，時間不長，可是很開心。戚伯母也看出兒子這一次是很認眞的，只是她也爲兒子擔心，還是因爲松松的家庭最終會不會接受岳陽的緣故。

春節也在這期間度過，寒假曉韻來找松松玩，松松給他講了戚岳陽，曉韻很詳細問了戚岳陽的情況，只是可惜沒有見到他，因爲各自忙，寒假結束前曉韻對松松說「你這樣的性格、你這樣不會做家事、如果不嫁給戚岳陽這樣有能力供養你一輩子的人？不敢想。」

松松對岳陽說了曉韻這些話，她沒有別的意思，當做玩笑一句。岳陽卻說：「松松，曉韻說的也許沒錯，怎麼不考慮呢？」

「我嗎？不知道還有多早，不想這樣就被帶上枷鎖。」婚姻不是枷鎖是什麼？她臉上青春散開在岳陽臥室每一個角落，戚岳陽感覺自己愈發不能拒絕去想她，從男人的角度想她，從慾望的角度想她。松松就在離他幾十釐米的空間，他輕輕握住松松一縷長頭髮，黑黑滑滑的。松松問他：「你在幹什麼？」

他笑笑，放開手指間的髮絲：「松松，我想，婚姻不是枷鎖，我沒有這樣認爲過。」

「我一直這樣認爲，」她很認眞對他說。

「爲什麼，爲什麼會這樣想，通常是已婚之後，對現狀不滿的才會這樣認爲。」岳陽是盼望回家有人等的。

「身體是精神的累贅，結婚更會成爲身體的累贅。再說兩個不同的人天天面對面相處，會產生很多摩擦鬧出很多不愉快，很麻煩。我不願意這樣過。」

「松松，」岳陽覺得不能讓他的女孩這樣想，他伸手握住松松雙手：「有家才有根，外面再累再苦，回到家看見太太小孩，會很有溫暖感。」

「溫暖感需要別人給予嗎？」

「在家裡，你有外婆，爸爸媽媽，妹妹關心你，難道沒有讓你感到溫暖嗎？」岳陽感到不能再一味順著她，她某些想法與年齡相差太遠，這樣不是很好。

「岳陽，我說的不是這個溫暖，我說出來，但你不要認爲我是在胡說。」

岳陽笑笑：「好的，我不會。」

松松很認眞：「溫暖首先是不要厭棄，不厭棄才會認同，認同了才有可能互助，溫暖應該從自己心裡找到。」

岳陽說：「你說的是大義的溫暖。」

「再大義，也是從個人心底發起。」

「很有道理，松松，還有呢？」

「還有，我有些預感，說了你別笑。」

岳陽見她很認眞，忍不住開始握緊松松手指，松松縮回手：「我在說話。」

兩個人坐在岳陽臥室內沙發兩端，他笑笑，坐過去一些，挨著松松坐了：「你說，我在聽。」

「我感覺如果結婚，我會很不愉快。」

「這事不能憑感覺的。」

「我一直相信自己的第六感，你笑我好了。」

「第六感？」岳陽看看松松，有些疑慮有些隱憂：「松松，每一個人都會眞眞切切感受日子。」

「我也很眞切在過每一天，可是我不能騙自己說沒有第六感啊。」她當眞激動起來就會臉紅。

岳陽忍不住輕吻松松臉頰，松松聞見隱約青草氣息、轉過臉蛋面對岳陽，淺淺笑了。岳陽本來就不是很拘謹的男人，他有旺盛的精力，只是因爲松松在他看來太小，太脆弱，他不敢用力去追，害怕會適得其反。

松松細長食指在他唇上滑過去，岳陽心裡又是一疼，輕輕張口咬住女孩食指，緩緩吸吮起來。

她縮回食指，拿起岳陽左手食指，放在唇邊，輕輕張口咬住，學著岳陽剛才，緩緩吸吮起來。

岳陽用了很大勁才讓自己平息下來；恰好此時，戚伯母歸家；松松放開岳陽手指，又過了會兒才恢復平靜；岳陽開始與松松談天，兩人海闊天空談得無邊無際，很愉快。

已是黃昏，岳陽提議去河邊走走，看看遠山看看流水。松松注意時間：「我該回去了，下一次吧。」

「後天我有些急事需要回成都，明天我們再見面好嗎？」岳陽在松松耳邊說，情不自禁含住她耳垂。

「你不要這樣。」松松推開他笑笑，感覺上與岳陽熟悉了好多好多。

走出岳陽臥室，戚伯母正在客廳看電視，岳陽對他媽媽挺好，家裡設施完全而且體貼，很適合老年人日常起居。

戚伯母站起來笑笑：「松松，留下來吃晚飯，我馬上去準備。」

松松忙說：「不用了，戚伯母，我回家去，他們還等我呢。」

岳陽知道松松習慣，也不勉強她，依舊送她至大門口，見她走遠了方才回家。

每一次目送女孩回家，戚岳陽心理會有壓力，他太希望能夠有好的結局，對結局也不敢抱太大希望，松家父母不會看重他的物質。

回家正好是晚飯時間，飯菜已經端上桌了，外婆晚間還要念經所以早就食過素菜回臥室了。就爸爸媽媽還有姐妹倆圍著桌子。一小鍋雞湯，三盤炒菜，一碟泡菜。媽媽先給松松碗內盛上湯：「這樣泡飯吃有營養，」再對松杉說：「碗拿過來。」

松杉伸手接過媽媽手裡的湯匙：「媽媽，我自己來。」先給爸爸給媽媽盛，最後給自己。

妹妹松杉頭髮像男孩子那樣短，又高又瘦，滿身活力；

爸爸說：「松杉，明後天我與妳媽媽回趟老家，妳不要只顧著玩，讀書要緊，畢竟是高中階段了。」

松杉說：「知道了，我什麼時候沒有讀書了？」

松松說：「我也覺得松杉變化挺大，比以往愛讀書多了。」

妹妹松杉哈哈笑了：「你們一個個說話眞好笑，我現在不愛讀書愛什麼？老爸老媽放心，我是不會早戀的。」

媽媽聽了，似乎無意間看了看松松，松松心裡一跳，低頭吃飯。

媽媽說：「這就對了，精力得放在讀書上，我們這樣的普通人家，要想將來過得好，全要靠自己努力……現在很多女孩子有事沒事喜歡在外面玩，外面什麼人沒有？到時候上了當怎麼辦？就算找對象，也應該充分聽從長輩分析，人品啊、工作啊、年齡啊、家庭狀況等等都很重要。」

松杉說：「姐姐快聽好，這個應該是說給你聽的。」

媽媽立即道：「只要有道理，誰都可以聽！」

爸爸問：「松松，下午去哪裡了？」

松松想想說：「出去走走，還去書店看看有什麼想買的書。」根本不敢在爸媽面前提起戚岳陽這麼個人。

松松父母現在已經從很多側面去瞭解過戚岳陽是個什麼情況的人，知道戚岳陽在追女兒，他們是堅決不會允許這件事發展下去的。原因簡單又複雜，女兒嫁給離過婚的男人多委屈，全家也會跟著在輿論方面變得「委屈」，再說戚岳陽成年在外面做生意，誰知道他真正人品怎麼樣？總之不行！這事必須給女兒打住！

爸爸說：「明天我與你媽媽回老家，你也去吧。」不能過於強硬，爸爸媽媽商量好了怎樣讓女兒不要與戚岳陽繼續來往。

出乎意料的是松松順從地答道：「好。」

松杉忙說：「我也要去！」

「不行，妳去了，家裡不是留外婆一人了，誰來照顧？」

松杉說：「外婆的精神比姐姐還好，不需要照顧吧？」

媽媽說：「需不需要是外婆的事，但是我們做晚輩的必須得這樣想這樣安排，妳忘了，以前我教書你爸在西藏，誰帶大你們？」

松杉連忙舉手：「宣告投降！我不去了！」記起什麼：「媽，明天我要去同學家，早說好的；你們得留一個人在家照顧外婆。」

爸爸說：「我們不走，妳就不記得要去同學家這事？」

「騙你？！」松杉急了。

爸爸問她：「什麼同學，家在哪裡，什麼時間去、什麼時間回來？」

這是家裡例行問話，松杉流利回答：「同班男同學，家在鄉下，明天上午去，吃過午飯回來，好幾個同學約好的，差點就給忘了，好險好險！不然又得罵我是叛徒了。」

爸爸點點頭：「有多遠？」

松杉說：「不遠，走路一個小時就到，可惜路不好不能通車；不過他家的東西眞好吃，以前我們一幫同學去吃過烤玉米、烤土豆、生豌豆角、還有他家曬乾的……」

爸爸打斷說：「好了，知道了，跟同學出去玩，一定得收斂妳的野性子，不許打架！」

松杉眼角一動：「那要看我的忍耐度。」

小松松兩歲的松杉出門，爸媽通常叮囑她不許打架；而松松出門遠一點，爸媽就會叮囑注意安全不要坐過站。

媽媽最後說：「明天松松不去了，在家裡照顧外婆，春節也要過完了，收拾收拾屋子，可能有些親戚過幾天要來。」

松松點頭：「我知道了。」

媽媽想想：「也不用怎麼樣做，擦擦灰塵掃掃地就行了。」

「我知道了，」松松回答。與媽媽的很多對話，始終像學生與班主任。爸媽從松松身上吸取了一些教育經驗，就是管小孩不能管得太嚴。

這些是表象一部分，其實松松不拘束，只是習慣了用一種表情面對世界，漸漸讓心安定，心安定、世界才安定。這個世界是她眼裡與心裡的世界。她與世界的關係是季節與天空，是擦身而過的風，可以感覺，但是畢竟風過不留痕。年齡無所謂、性別無所謂，喜怒哀樂同樣留不住的。

當時的切身感受呢？她忽略了，一段時間內個人感受畢竟是有限，可是對於更多的間接經驗，松松相信好的書本可以提供給人好的經驗與提醒，後來覺得這樣也不是全對，書中不過是些文字，文字通常是被不同的人，用不同境界、不同的認識整合而成，透過文字的是什麼。還有很多根本無需用文字來表達的，每一個人在寫在說在表現，然後爲自己負責，被自己拖下去，被自己提起來，所以，松松用不著積極參合社會動態，她在辦公室裡面看，身體力行。

看上去沒有誰可以理解，但是當時她沒有意識到自己需要行爲。有思想是不夠的，坐在那裡參枯禪一般，會有什麼起色？

松杉常常羨慕姐姐博學多才，常說「姐，妳怎麼不喜歡表露，看了那麼多、學了那麼多，不表現出來那多沒意思。」松杉從姐姐處聽到一些天文知識或者學到幾句絕詞，人多的場合就背兩句說兩句，大家驚覺松家二女兒其實外剛內秀。

次日，松松爸媽回老家，松杉去了同學家，午飯後松松洗了碗筷，外婆叫她出去走走不要整天悶在家裡。

有什麼地方可去，除了散步，就是戚岳陽那裡。與岳陽談天同樣感覺愉快，可以談的範圍很廣，有些時候談古墓、談水經注、談一些新聞趣事；岳陽永遠是衣冠整潔聲音不高，對待松松極盡體貼周到，只是現在多了些小動作，喜歡握著她的十指說話，有時候會偷偷輕吻她臉頰。

下午岳陽果然在家裡等松松，戚伯母出門散步了，家門虛掩，松松還是敲敲門，岳陽走出來拉女孩進屋，然後關好門。

進來岳陽就對松松說：「松松，上午接到朋友電話，明天我要去西藏，可能走兩個多月，不知道會怎樣想妳。」

「去西藏，現在很冷！」

「沒有辦法改，去年秋天聯繫的業務，好容易等到，順利的話兩個多月後又可以見到妳了！」岳陽緊緊抱住松松，那樣成熟的一個人在女孩耳邊柔柔地說：「松松，妳會想我嗎？」

松松沒有回答，岳陽開始吻她耳垂，松松推開他：「你別這樣。」

他看著松松眼睛：「妳不喜歡我嗎？」

想了想，松松說：「你走就走好了，爲什麼要說出來？」

「妳捨不得我走嗎？松松開始捨不得我了，」岳陽將她抱得好緊：「我會一輩子這樣疼你。」

「你不要說這些，我不想聽。」松松用力推開他，走進岳陽臥室，書架上隨手抽出一本坐在書桌前劈裡啪啦一陣亂翻。

岳陽走至松松身後：「松松……」

松松反手將書扔到後面岳陽身上：「不許說話！」

岳陽將松松坐的椅子轉過來，自己坐在椅子後的床上：「松松？」

松松看他眼睛，沒有開口。岳陽習慣的將她十指緊扣住，貼著掌心。

她終於過去，在他唇上輕輕一點，岳陽感到松松的唇是冷的。

她坐在岳陽旁邊，低眼看岳陽手中自己十指，被他握紅了，有一點點疼。

岳陽依舊在松松耳邊說：「妳快些長大，過了二十歲就好了。」

許久，松松問他：「爲什麼要二十歲？」

岳陽暗地歎口氣：「妳過了二十歲，可以搬到成都，我可以娶妳。現在你還不到十九歲，我怎麼上門去見你的爸爸媽媽呢？」

松松心裡不懷一絲希望，而且，她開始想，自己眞的就這樣離不開他嗎？

「妳在想什麼，告訴我？」

松松搖搖頭：「沒有。」

岳陽含住松松耳垂：「說，必須說。」

他的舌尖有些淡淡煙草味，他一直很穩，即使自己感覺極富激情地親吻女孩，松松體會到的是穩，可是喜歡他的穩重；她捧住岳陽的臉，掌心貼住岳陽修過的鬍鬚，她的唇柔軟冰冷。

松松對岳陽說：「謝謝。」

岳陽第一次在她面前不明白了：「謝我什麼？」

她在岳陽耳邊說：「你教會了我怎樣親吻。」

岳陽竟然一時語塞，笑了笑。

「岳陽？」

「幹什麼？」

她說：「也許我不能成爲你的女朋友，不過沒關係，我現在開始喜歡你了，是眞的在這裡？」拉過岳陽手掌放在心口。

岳陽心裡開始疼：「松松，我們會有明天的，給我時間，也給妳自己時間，相信我。」

松松不再說話，開始親吻岳陽，一個原本陌生的男人漸漸成爲距離自己身體很親近的，一直到很久之後，電話鈴打擾他們。

話機安在客廳，岳陽接完電話回到臥室，對松松說：「松松，今天晚上我得趕回成都，還是西藏那筆業務……」

松松說：「不用解釋，你應該去忙工作，而且，時間不早了，我也該回去了。」

岳陽想去抱抱她，松松推開了，向客廳走；岳陽追上去拉住松鬆手：「我很快回來的。」

女孩沒有停，一直向門外走，岳陽在門口攔住她：「松松，聽我說好不好？我現在努力工作努力發展，將來才更有可能擁有妳。」

松松說：「沒有遇見我之前你同樣是努力工作的。」

岳陽解釋：「這不同，西藏這筆業務正是因爲認識妳之後，我才下決心要去爭取過來做的，我希望自己發展更好，如果我只是普普通通沒有多少積蓄的商人，我就沒有足夠的勇氣去妳家，妳知道嗎？」

「岳陽，我們家是非常普通的人家，沒有誰要求多少積蓄。」她沒有說出來的是松家再普通，也不可能接受離過婚的中年男子，積蓄與觀念有些時候根本不能相融。

岳陽還是說：「我希望妳跟著我，可以一輩子不為物質發愁。」其實岳陽個人財產已經比較不錯了。

松松只是看著他。

岳陽說：「松松，我走了後給妳寄明信片好嗎？」

見她還是不說話，一味看著自己，岳陽拉過松松的手放在自己心口：「我這裡好疼，捨不得妳。」

她縮回手，打開門向外走，岳陽只得陪她下樓，這一次岳陽一直送她到醫院大門，路上岳陽還是低聲囑咐：「要注意身體，條件允許我就給妳打電話到妳們學校，還要多吃些東西，兩個多月很快過去。」

松松沒有理會他的囉嗦，逕直往家走；岳陽跟著她身旁，一直到樓梯下。

仰頭看松松上樓，樓梯上沒旁人，岳陽又說：「松松，再過兩個多月我就回來看妳。」已不見女孩身影。

松松回到家，沒有心情吃晚飯，很早就上床睡覺。

排遣憂鬱、轉換注意那就看看書。後來松松不認為看書可以形容自己對一種心情的形容。是的，戚岳陽佔有了自己一部分心，可是，心，本身是無邊無際的。

肉體不可以束縛心，文字不可以束縛含義；更多的，有形的東西只是無形狀態的一種表現，這很小，不足以表現全部。

有些時候，松松明顯看見自己穿透身體的無邊無際，對身體的煩惱一再減弱。以往當成障礙，現在看見身體存在世上是多麼合理合情。

她認爲身體是用來度過每一天的，然後，明天是什麼？沒有多想，就今天吧，做今天的事，看今天的書，岳陽走後，她看見心裡他的影子占了一個點，只是一個點。沒有去預想這個點會存在多久，似乎沒有必要。

傻女孩有種宿命觀，可能不是自己的，就不去爭取。

可能會是自己的，無論自己存在多少不情願，還是學著接受，接受。就像接受曾強。

岳陽說好了去西藏兩個多月，可是四個月過去，這個學期放暑假了，也不見有半點消息傳給松松，沒有電話、沒有明信片、戚伯母來學校找過松松，她以爲松松會得到岳陽的消息，但是沒有。戚伯母也打了一些電話給岳陽一些朋友，大家都說沒有得到岳陽消息。

這幾個月戚岳陽沒有再讓松家父母煩心。

每一天會想到戚岳陽這個人，但是不多，她不會讓自己過多沈溺。既然不去想明天又何必在意昨天留給自己的。

松松十九歲的生日那天，家裡做了很多好吃的菜，全家圍坐品嘗。松杉抗議待遇不同、去年她過生日晚上還挨罵。

媽媽說：「妳怎麼不學學妳姐脾氣，松松從不惹事。」

松杉不以爲然：「姐的脾氣不可取，什麼也不願說出來，這種性格會吃很多虧的，我爲什麼要學？」

爸想想，說：「松杉說的也有些道理，性格過於內向並非就很好，在單位上有什麼，該說的還是得說。有些時候該妳說了妳不開口，大家還會認爲妳是有意見，跟大夥兒鬧彆扭，這樣反而不好。」

松松點點頭應道。

外婆卻說：「我覺得松松挺好，俗話說，人善人欺天不欺，人惡人怕天不怕。心存善良必有後福。松杉脾氣也好，但是不要太急躁。」

松杉立即說：「我沒有急躁！我沒有急躁！」

媽媽用筷子敲敲她手臂：「這不是急躁是什麼？」

松松聽了句「是什麼？」就開始分神？

以前有位高僧，開悟小徒時就喜歡親切問：「是什麼？」小徒長成大徒後方才領悟「是什麼。」長大是用心在走路。

媽媽說：「松松，給外婆盛碗湯。」

這次還好，立即回過神來，松松雙手接過外婆的碗，去廚房湯鍋裡給外婆盛上熱湯。

外婆接過來笑眯眯的：「乖，懂事。」

這是家裡的習慣，無論誰過生日都得給外婆添飯盛湯，表示對外婆帶大兩代人的感謝與敬意。

媽媽似乎無意問一句：「曾強這個孩子不錯。」

松杉立即問：「誰是曾強？曾強是誰？」

爸爸看了松松一眼，松杉笑道：「姐的男朋友？」

松松搖搖頭：「不是。」

媽媽說：「妳也可以考慮考慮。」

這天晚上松杉晚自習回家後偷偷問松松：「姐，妳放棄那個中年人了？」

松松靠在床上看書，聽見了，但是沒有理會。

松杉分析：「姐，根據現在形勢，男朋友不一定非得年歲相當，不一定非得家境相當，重要的得有經濟基礎。」

松松說：「妳怎麼就這樣經驗豐富？」

松杉笑笑：「我現在高二了，不傻也不小了。」

松松想想：「妳不會是在早戀吧？」

松杉搖搖頭：「這個我不會，早戀在我看來很幼稚，自己也養不活的人還玩什麼早戀？不過，姐，我總感覺那個中年人比曾強好，至少妳以後不會爲經濟憂愁。曾強將來退伍了還得自己奮鬥好些年才能達到那個中年人的標準。」

松松沒再答話，松杉拿出書本坐在書桌前給自己加油：「繼續努力！爲了將來逍遙度日。」

松松開始看臺灣一位學者的《禪師故事》，上下冊內容半白話半文言，她費了很大勁，並且作了筆記。她在尋找一種相通的道理；愛因斯坦在相對論期間的思考，同樣的並沒有被現有文字限定。文字是用來幹什麼的，不止是閱讀或者生存，如果沒有更大於文字本身的意義，也許對於很多流傳千年文化經典就不可能達到眞正理解與利用。除了文字，思想之外的勞動呢？

松松開始想這個道理，開始到處找書看，各類型的。

暑假曉韻有時也來找松松玩，現在曉韻有了男朋友，戴眼鏡斯斯文文的，松松感覺斯文普通的男孩子與曉韻並不相配。

松松不太喜歡站在他們中間，曉韻問戚岳陽，松松如實相告尙無消息。

直至八月中旬，戚岳陽終於現身了。

那天下午三點多，爸媽上班，外婆、松杉還在午睡。樓下有人叫：「松松接電話！」

那是一九九二年，很多家裡都沒有私人電話，戚岳陽將電話打進了松松住家的醫院宿舍警衛室。

松松很快下樓去警衛室，拿起話筒：「請問是？」

「松松！我是戚岳陽，我回來了！現在從成都出發，很快到家，很快就可以見到你了！」岳陽聲音充滿興奮與疲倦。

「好。」旁邊有人松松不想多說話。

戚岳陽又說：「眞的很想妳。」

松松聽著，沒有說話。

戚岳陽說：「松松？還在嗎？」

松松應道：「在。」

岳陽說：「大概六點左右我就到家，到家我就來看你，想你！」

松松掛掉電話。

下午忽然多出來一些時間，忽然多出一個活生生的，再沒有靜下心來看書。六點之前，松松喝了很多水，脫下家居長裙，換了短袖白襯衣、淡藍及膝裙，同色鞋，頭髮清清爽爽紮上去。鏡子裡；臉上生出顏色、淡紅的一抹。

爸媽下班時間是六點整，松松想到這一層，六點之前對松杉交代說自己出去走。

松松在離醫院大門遠一些的街道旁站著，不會碰見下班回家的媽媽，再說岳陽會走這條路的；傍晚餘熱未盡，陽光斜射在她站的這邊街，她不準備站到街那邊去，因爲換了地點就會錯過戚岳陽；

不多久汗水開始滲出來，她體質弱，開始有些暈乎乎。岳陽黑色外殼的轎車停在她身旁，岳陽伸手打開這邊車門：「松松！」就像夢裡聲音，松松有些迷糊地上車，坐在岳陽旁邊，關好車門。

岳陽兀自輕喚女孩名字，伸手緊緊拉住女孩左臂。松松轉頭看看他，嚇了一跳，又黑又瘦又老又疲倦又憔悴！除了眼神，哪裡還有昔日成熟風采。

「你怎麼了？！」松松問他。

岳陽深深吸口氣，：「松松，回家我細細告訴妳這幾個月我的經歷。」

繼續開車，繞過一條街就到了戚伯母家，岳陽說下午出發前給松松打了電話之後接著就給母親電話報平安。戚伯母通完電話就開始爲兒子準備晚餐，岳陽將車開進大門，戚伯母聽見車響已經等在樓下了。

兩個人走下車，戚伯母一手拉一個。樓梯不寬，岳陽鬆開手，讓媽媽拉著松松上樓。戚伯母一直說兒子怎麼瘦得脫形了？！

家裡已經擺好了一桌子菜，碗筷三副，兩瓶冰啤，戚伯母最瞭解兒子心意，先讓松松坐下：「松松，我特意燒了你的飯菜，可要多吃些。」

「謝謝戚伯母，」松松點頭笑笑拿筷子指指岳陽：「我看他更該多吃些。」

岳陽點點頭，拿了筷子飛快吃下幾大口，再喝口啤酒、吞下了、看著媽媽與松松：「你們慢慢吃著等我，我去沖個澡。」他身上穿的黑色襯衫，黑長褲，看著就熱。

岳陽回到餐桌前，已經換上了雪白一套睡衣褲，一雙拖鞋，頭髮濕漉漉的，看上去有些精神了，他對松松笑笑：「妳不會介意吧，我真的想好好放鬆了。」

松松搖搖頭表示不會介意，她聞見他身上有青草氣息。戚伯母開始給兩個孩子夾菜，松松謙讓，岳陽來者不拒，一番狼吞虎嚥後，開始給兩個深愛的女性講這近半年來自己的情況。

岳陽在西藏聯繫的是一些汽車生意，去的時候春節還未過完，西藏特別冷，岳陽業務還沒有開始就病倒了，高原反應，足足躺了三個月才恢復，還好西藏業務那位代表很講義氣，照顧他住院，還要為他打電話通知家屬，岳陽死活不同意告訴戚伯母；他知道媽媽一定會趕到拉薩來照顧他，這樣一來媽媽的身體也會遇見很大考驗，說不定會更糟。養了三個月病恢復了才出醫院，業務這才接著做。

岳陽十分感激西藏業務方面對他的救命之恩，在工作上兩方面合作很好，除了聯繫的業務，還做成了另外一些。岳陽說自己經商這幾年還沒有遇到如此血性漢子。

戚伯母感歎：「那得好好謝謝人家，我去買些特產寄給你西藏那位朋友，等會兒你將人家的地址寫在電話簿上，他叫什麼名字？」

岳陽說：「他叫班。」

「就一個字？」戚伯母問道。

「他叫康波的班，出生在西藏康波地區，那裡有個非常動人的傳說就叫『康波的班』，所以他的父母生下他後就給他取了這個名字，朋友都叫他班；高個子，黑皮膚，心特好！」

松松笑他：「你現在也夠黑了，還黑裡透紅。」

「高原紅，」岳陽笑道，再看看松松：「我發覺你怎麼變得更漂亮了？」

戚伯母在，松松沒有理會他，大家繼續吃飯，戚伯母又問、岳陽再講，一餐飯伴著生死奇談吃得驚歎不已。

飯後松松與戚伯母收拾碗筷，岳陽舒舒服服靠在沙發裡，點燃一支煙。

戚伯母吃飯間怕影響大家胃口，一直忍著，這才在廚房擦擦眼淚：「這孩子，父親去世早，從小到大一直不太順，這一次還吃這麼多苦。」

松松勸解老人：「戚伯母，也許岳陽自己沒有這樣認爲，他可能覺得自己是成年人，有義務有責任要盡最大可能努力工作，也許他不認爲工作上的吃苦是眞正的吃苦。」

「我知道他，一直知道他在想什麼，這孩子就想著能有一個好的妻子、好的孩子，他現在這樣拼命，還是希望將來的妻子孩子能過上好日子。」

松松說：「戚伯母，岳陽同樣非常孝順妳。」

老人點點頭，又要滴下淚水，擔心感染松松情緒，擦擦眼忍住了。這是松松第一次在戚伯母家吃飯，戚伯母當然不肯讓她洗碗筷，收拾乾淨餐桌後，就執意讓松松去客廳陪岳陽坐坐說說話：「這孩子，不知道有多喜歡妳，下午電話裡還囑咐我多做些菜，說妳這麼久了還沒有在我們家吃過飯，也許這是第一次，得準備多些，他還擔心妳不會來。」

松松笑笑，沒再說，洗了手去客廳想陪岳陽說說話。岳陽已經靠著沙發睡著了，右手夾的香煙快燒著手指，松松輕輕替他取下，一點沒有驚動他，讓他好好睡。自己去岳陽臥室拿了本書坐在一旁翻看。

戚伯母洗好碗筷看見兒子熟睡，說了一句：「去床上也睡得舒服些。」見松松坐在一旁看書，想了想，小聲對松松說：「松松，妳坐坐，我出去買些東西。」

松松知道這是戚伯母留出空間給他們兩人。

岳陽回家的確比較疲倦，仍然提醒自己最想的還是與松松說說話，好好抱抱她親親她，這一次如果沒有命回來，豈不是抱憾至死，靠在沙發上睡覺，潛意識還是掛念心愛女孩。

戚伯母輕輕關好門出去了，再過了十分鐘，岳陽自己醒了，已經是夜晚，屋裡沒有開燈，他迷迷糊糊喊了一聲：「松松？」

松松就坐在旁邊椅子裡，穿透夜色靜靜看他睡覺，書合在膝上。聽見岳陽叫，她沒有應；岳陽再轉過頭，看見松松，笑了：「爲什麼不說話？我擔心妳走了。」

「爲什麼擔心？」松松問他。

岳陽伸過手來，松松親切握住。

岳陽說：「來，我好好看看妳。」

松松放下書，順從地走至岳陽面前；岳陽站起來，拉著松松兩手，松松放開手，摟住岳陽脖子、眼淚一滴滴流下來，很快濕了岳陽肩。

岳陽耳邊問她：「想我了？」

松松點點頭。

「什麼時候開始想我的？」岳陽輕輕問她，成熟男士氣息撲面而來。

「就在剛才，」松松如實回答。

岳陽再問女孩：「這以前沒有想我嗎？」

松松搖搖頭：「想也沒用，不如見了面再想你。」

岳陽不知道松松說的是實話，他以爲是女孩害羞才如此說。給她擦擦淚，在耳邊柔聲細語說了很久，松松方才止住淚水。松松拉著岳陽走進岳陽臥室，開始吻他，不知道怎麼表達就吻他。

岳陽第一次離女孩這樣近，夏夜熱氣悄悄侵襲，女孩脖子上開始有汗珠的感覺，膚色雪白柔軟細膩。

這還是岳陽第一次這樣貼近松松，隔著夏衣岳陽開始感覺激動。

松松被人強暴那時還小，她一直在學著忘記，總有些記憶模糊出現又模糊出現的，隔著裙子感覺到岳陽硬度，岳陽輕輕解開女孩白襯衣扣子，癡迷在松松白襯衣裡面用成熟味道穿透；她沒有岳陽那樣激動，她想岳陽還會做什麼，自己喜歡他就應該可以接受。

眞正成熟的男人知道怎樣爲心疼的女人著想，岳陽只是解開了松松上衣，床單雪白，岳陽在松松身上歎口氣，翻過身子讓松松在自己身上，自己兩隻手不再勇敢地放在女孩身上。

松松開始解岳陽衣扣，臥室沒有開燈；窗外透過來的讓自己看見松松紅紅臉頰，岳陽緩緩抓住松松手指：「松松，我現在還不可以這樣。」

她距離他還小，還有一段世俗距離。

松松坐起來，岳陽也坐好，開始溫柔地爲女孩整好內衣，一粒粒扣好襯衣扣子，再整好自己衣服，打開抬燈。岳陽自己感覺很內疚。松松看上去沒有什麼表情，岳陽拿了梳子給松松梳頭髮，再蹲下身子準備將松松及膝裙整好，看見女孩修長小腿，岳陽手指滑過女孩小腿一直到女孩腳跟，松松感覺很癢，向後退了半步，岳陽起身走近她，看了她好久，終於下決心別再將注意力放在女孩身體上，彎腰爲她拉平及膝裙皺褶。

岳陽在身後抱緊松松，貼著耳邊給她解釋：「松松，我現在還不可以這樣。」女孩看他。

岳陽悄悄說：「我得爲妳著想，松松，明白嗎？」

爲什麼自己現在必須克制。他不希望帶給女孩什麼麻煩，至少得等到見過女孩父母之後，才能夠計劃將來。

有些話，松松聽得懂，有些不太懂；時間不能爲此時停滯，晚了，該回家了。

岳陽拿出一長串各色細珠子穿成的長念珠，岳陽放在女孩手心：「松松，這串念珠是班送給我的，在我心裡送任何禮物也比不上這念珠珍貴，我將它轉送給妳，希望妳一直開心。」

松松將掌心珠子繞在左手腕，繞了三圈，細細的各色珠子竟然大小相等，貼在手腕上很有份量感。

岳陽說：「這些的寶石全是眞的，妳戴上給人感覺渾然一體，似乎它在冥冥中就屬於妳。」

松松取下來，放回岳陽手心：「這樣貴的，我不要。」

岳陽問她：「爲什麼？松松，我是眞心的，我的朋友班送給我，他也是眞心的，所以我沒有理由拒絕，妳也不要拒絕我，好嗎？」

松松說：「這樣貴重的禮物，我不能拿回家的，就放在你這裡吧，以後再說。」

松松伸手輕輕捧住岳陽臉頰，她不想讓岳陽爲此難過，找不出什麼話安慰岳陽。輕輕吻岳陽臉頰，吻他的耳垂：「岳陽，你明白我嗎？」

岳陽最終點點頭：「是的，明白。」

女孩笑了：「我該回家了。」

岳陽笑笑：「我送妳回家。」

兩個人一同出門。路上岳陽給松松講一些見聞，遇見熟人松松點頭招呼，毫不在意別人眼光。

岳陽這一次將松松送到家門口，松松說：「再見，岳陽。」他笑笑：「明天見，松松。」松松點點頭。他轉身下樓去。

這晚爸媽晚飯後去了媽媽一位同事家，回來時松松已經洗過澡，換上睡裙準備睡覺了，松杉在看電視。外婆睡了。爸媽簡單問了松松在哪裡吃的晚餐，松松說在外面吃的，爸媽沒有再問，只是爸爸建議少在外面吃東西，很不衛生的。

晚上想著岳陽，松松一直沒有睡好。次日周末，因爲氣溫高，全家沒有誰外出，冰箱裡面還有蔬菜與凍肉，上午看看電視，松杉一人在臥室學習。十點半左右，聽見有人敲門，很有禮貌的敲門聲。

爸爸打開門，看見門外站著一位皮膚黑裡透紅的中年男人。松松心跳出來了，是戚岳陽！

是的，戚岳陽來拜訪松松爸媽，希望他們允許自己與松松交往。松松偷偷看岳陽，今天他的精神好多了，面帶微笑。

媽媽也看見了門口的人，立刻警惕站起來。

戚岳陽笑道：「松醫生、王老師，中午好！」這樣稱呼繞過了年齡上的尷尬，松松爸爸大過岳陽十三歲，媽媽不過大岳陽近八歲。

以前沒有見過面，但此時大家都明白對方是誰。

松醫生一臉嚴肅，王老師走至門口，一分鐘之後，松松聽見媽媽說：「你是戚岳陽吧？」

岳陽笑道：「是的，我是戚岳陽。」

樓梯上有人路過，松醫生讓開門：「進來說話。」

「謝謝，」岳陽笑笑，走進松家門，走進客廳。

松松閃進臥室，關上臥室門，她根本不敢面對這樣的場景。松杉正在做作業，轉身問：「姐，誰來了？」

「繼續讀書，別分心！」松松走到松杉書桌前。

「妳不說，我更好奇了！」松杉走到臥室門口，側耳聽聽，然後打開臥室門：「口渴了，想喝水啊！」她一面大聲說一面穿過客廳去倒水，松杉對追姐姐的中年男人很好奇要去看看。

臥室門開著，客廳傳來一些談話，聲音不高，松松站在臥室這頭窗戶邊，聽不清也沒有心力去聽，倒是松杉，老半天端了杯水磨磨蹭蹭回到臥室，順手虛掩臥室門。

松杉走到窗戶邊，搖搖頭，小聲對姐姐說：「是那個想追妳的中年人吧？」

松松點點頭。

松杉說：「長得還不錯，氣質也還不錯，年齡大點也沒什麼，不過？」她歎口氣：「我在陽臺門邊偷聽偷看了這麼久，情況不利於你們。」

松松沒有說話，這些她早就預感到了，松家要的是普通與般配，爸媽眼裡，戚岳陽配不上自己女兒的。

關係到自身，可是姐姐連聽的心思也沒有，松杉為姐姐感到有些難過：「姐，我覺得很可惜……」，松杉也只得回到書桌前繼續讀書，她愛莫能助。

松松站在窗前快兩個小時了，客廳裡面還在低低談話，臥室有些熱，地上放了小電扇，轉著頭吹風，松松穿的及膝裙，小腿吹得又麻又涼。

終於聽見客廳裡面傳來打開松家房門的聲音，她知道岳陽會失望的，她很早就知道！似乎岳陽在向外面走，松松很快走出臥室，岳陽剛好關上房門走出松家，松松連個背影也沒有看完全。爸媽站在客廳看著一臉哀傷的松松。

松松沒有說話，她一向不喜歡多說話，向門口走去，松松迅速拉開房門，媽媽立即說：「妳要幹什麼？！」

看看媽媽，她沒有關門就走出門，身後兩聲喊「松松！」最終沒有伸手拉回女兒。

岳陽正在下樓，從樓梯間看見他緩緩的，透出無限遺憾，松松體會得到他的心情，腳步快一點趕上岳陽。

松松拉著岳陽手，岳陽停下來看著女孩蒼白臉龐一片哀傷，岳陽說：「松松，陪我走走好嗎？」聲音裡的痛苦傳到松松手臂上，她點點頭，手指尖微微抖著。

正午時分，太陽很烈，岳陽擔心女孩會中暑，拉著她很快走出醫院大門，叫了輛人力三輪車回到戚伯母家。

兩人沒有說話的心情，樓梯口，岳陽停下了，想了想，對松松說：「我們出去散散心。」

松松點點頭。

岳陽的車就停在樓旁車庫長年多出的一個車位裡，上了車，仍然沒有誰先說話，車向北駛去，一直到十公里外少人的路旁才慢慢停在一顆老柳樹下。

路的另一旁是河流，不停息的長江上游水。

岳陽拿出煙盒抽出一支、掏出打火機，松松將打火機取過來替岳陽點上火，靜靜看他吐出煙霧。他很累，沒有預料到與這樣一個家庭的、年齡小一些的女孩談戀愛會這樣勞心、憔悴。

掐滅煙頭，他開始回憶沒有到頭的婚姻、沒有到頭的前妻。

轉過頭來看女孩，松松斜靠著一直盯著他看，看到他骨子裡，似乎知道他在想什麼。

知道他會感到累的，她也感到累，談戀愛給她留下的就是這樣的體會，從初戀平海開始，還有建明，現在根本就不應該喜歡上戚岳陽，最好保持在隨時離得開又無所謂的狀態，尋找一下，這種智慧藏在哪裡，用身體去愛一個人必然會收到身體帶來的諸多感覺，用心去愛一個人而身體不動聲色，身體就沒有可以阻止的原點，看來戚岳陽只適合自己用心感受。

「戚岳陽，你不能再來看我了嗎？」松松問他，無可奈何。

戚岳陽沒有說話，女孩不能夠忽然間轉變根深蒂固的性情，不可能跟著岳陽遠走高飛。

能夠有一些改變也許可以有助於留在彼此身邊，兩個人心裡絲絲聯繫過這些念頭，外面太熱，車裡安靜，安靜到聽見心跳與歎息。

松松伸手過去拉岳陽的掌心，手指尖劃過他的掌紋：「岳陽，我想……」

車裡再次靜下來，岳陽靠近女孩身體：「松松，妳想什麼？」

「想你，」女孩開始有睡覺的衝動，願意這樣睡在車裡，不要面對什麼。

他吻吻女孩，女孩伸出手臂擁抱岳陽，這次，岳陽沒有衝動；女孩到後面座位上，仍舊不放開岳陽，岳陽默默陪著女孩。

車裡涼涼的，長長的椅子單人床一樣舒適，女孩想好好睡一覺什麼也不去考慮，岳陽被她一直抱著，只得陪著她睡在後座，壓迫身體就會感受到呼吸血流重量變化，這些變化一時之間足以轉移注意。

身體上面戚岳陽印了些膚淺唇形，皮膚反彈、時光流逝、細胞脫落就帶走了，當時的感覺永遠不可能再有，即使回憶再多次也是枉然。

傻子的葬禮

對世界無可奈何的想法同樣存在很多成人心裡，儘管大家整日忙碌看上去很多人春風得意。那些愛情故事隔離在物質外面、最動心的記憶並不屬於現在。

我與岳陽沒有談起以往，現在就夠了，以往牽涉太多，鏡子裡面看得見美麗清秀依舊，心也開始脫殼。十九歲那年暑假我與岳陽分開，我二十六歲，岳陽再次找我，這其間我並不快樂，岳陽說他一直在想我。

我的前夫是中學時期同年級同學、後來去了空軍部隊英俊逼人的曾強。他是一個悲劇人物，寫這個故事、我亦沒能完全體會他眼裡的世界；我是一個凡俗的漂亮女人，最終我選擇物質與情人，我沒有後悔。

曾強選擇堅定相信，我不知道在最後時刻他有沒有後悔。很痛心這個故事成了情色小說，事實是這樣，曾強、英俊逼人的戰士、沒有保留付出熱忱的男人，掌握不了命運千百萬人之一。

曾強橫死的那天中午，我與岳陽在一間有淺藍色窗簾的房間做愛。在一家酒店十五樓，岳陽開了輛白色雅閣，我們甚至沒有心情喝東西，直接進到房間。

空調打開裡面很溫暖，床單雪白，岳陽將我放在床中央，開始替我脫去鞋子脫去大衣，是冬天，那年很冷的冬季。

女孩的身體變成女人的身體，內衣雪白纖巧，岳陽最受不了我的乳房，豐潤殺人。

總是聞見岳陽身上隱隱青草味，兩個人在床上完全瘋了，我像豹子、戚岳陽像野馬，再沒有床下的冷淡成熟。岳陽的寶貝很粗壯，塞在裡面剛開始總是讓我不適應，做愛讓我們陌生也讓我們熟悉，什麼話也不想說，岳陽真是在不停要回失去幾年的感覺，我的表現也讓他吃驚，身體快來不及表示盛不下的罪惡，跟什麼人做愛都會有罪惡的烈焰燃燒在身體周圍。

戚岳陽含住我的乳頭，總是嘗不夠我的身體；窗簾是幾層深深淺淺的藍紗，密密地遮住視線，深冬正午陽光灑進來一直到我們身體上，一層淺淡金黃，岳陽說我美得炫目，真不知道做我先生的有多大的福氣，日日夜夜地可以擁有。

戚岳陽舌尖不停遊弋至我的私處，似乎忽然變得堅挺伸進女人身體，好像有什麼地方傳來的吟唱，遠遠近近纏在男士耳旁，許多可以忘記的不愉快隨同愛一起散開，從身體裡面釋放溜走，四肢修長黑髮綿延，笑笑，百合悄悄開在身體每一處，戚岳陽給我性愛的高潮一直持續在午後，男士鬍鬚摩擦時光，他沒有身體只剩下對女孩的取悅，用任何他想得到做得出的姿勢，存在女孩身旁是圍繞她的清香。

我感到戚岳陽在傾瀉相思，生活很累、很壓抑、很疼、很痛，兩個人既然很愛，就表示出來，不帶任何雜念，破開所有世俗，我和岳陽糾纏的體態久久地不肯分開，誰願意放開自己心愛的那個人；活著已經是很累的狀態，只有擁著我的愛人，我的戚岳陽我的松松，我才感到心在爲自己跳動；淚水不是在哭。

我們穿好衣服時間已經不早，快下午五點了。

「岳陽，我要回去了，」醒來就有責任。

岳陽替我整理長髮：「松松，我們不是有很多話要說嗎？」

我對他說：「岳陽，你知道的，我有先生、有家、有很多不愉快，這些還得去面對。」

岳陽停住，他知道我過得不好，不寬裕不太開心，這些只要我說願意他都可以爲我辦到，問題只是他不知道我心裡的打算。

兩個男人一個活在樓臺、一個活在地下室，他們都是同樣的好男人，肯爲自己的工作盡心肯堅持自己信念，是我自己不好，有身體就有種種的不好，所以很早我就想不要這個皮囊可是辦不到，是責任還沒有盡完還是緣分還沒有走完。

岳陽說：「松松，在想什麼？」

我又分神了，想到外婆說的話，想到身體的過程留不住。

「岳陽，我想和你說說話，可是這兩次我們沒有說話的餘力。」

岳陽從後面抱住我：「松松，我理解，妳不方便的話就先回去，明天我們再見好嗎？」

正要回答，岳陽手機響了，「是公司一些事」，岳陽看看號碼對我說。

我去一旁整理頭髮衣服，岳陽談公事，我整理完畢等了十分鐘左右岳陽方才接完電話。

「有事你就回去吧，我可不希望影響你的工作，」我對岳陽笑笑，這是我的原則，歷來痛恨對工作不認眞負責的。

「公司一個經理打來的，說一項業務，」岳陽走過來捧住我的臉輕輕吻一個。

「我們先去做各自的事，再聯繫吧。」我笑笑。

岳陽問我：「開始寫小說了？」

我笑笑。

岳陽說：「那就別上班了，在家安心寫，我喜歡看。如果妳不反對讓我來為妳做點什麼，比如？」岳陽取出皮夾，拿出一張銀行金融卡放在我手心。

我覺得很好笑，岳陽問我笑什麼；

「沒有，只是覺得現在拿它似乎沒有必要。」

「松松，我不知道該怎麼疼愛妳，這是我的心意，」岳陽輕輕說，抱著我；

我抬眼看岳陽，無言以對，只是心裡不想收；

「岳陽，我該走了，再聯繫吧。」我將金融卡放進岳陽上裝口袋，拿上自己的皮包，岳陽拉住我的手：

「松松，」岳陽像小孩子；

「你不要這樣好不好，岳陽，我們做好各自的事，然後再聯繫，我們有電話可以談心的。」，我用掌心輕輕拍拍他的臉，笑道。

岳陽又開始吻我，足足十分鐘我們才捨得分開，他用雅哥將我送回，離家遠遠的，我下了車，感岳陽看我走遠了，方才掉轉車頭。

當日上午曾強在收基金會欠款，他的工作之一，儘管半年才能拿一次工資，曾強依然盡心盡責，加班是常有的事；當日下午曾強按照工作安排下村去收款，收完一個村剩下的十多戶已是晚上九點，回家照例騎那輛半舊的輕騎，沒有半點預示，沒有來得及避開一輛大貨車，曾強死了，英俊不幸的前夫與我的緣分斷盡。

他除了一些債務，什麼也沒有留給我與女兒，女兒很小，怕煞氣，所以葬禮上沒有抱她去。

追悼會很可笑，也許那時我是迷糊的，一切都很可笑，所有人鎖緊眉頭，曾強的上司走過來對我說有沒有什麼要求？

我想讓他們滾，滾出傻子的葬禮。

我知道我的父母眞心在哭，松杉眞心在哭，曾強的父母眞心在哭。

我也知道一切會過去，過程永遠是留不住的眞理。

戚岳陽知道了，是我給他的電話，很快他趕過來見我，我已經沒有淚水了，乾澀。

我的婚姻並不愉快，曾強沒有帶給我物質或者心靈上的安慰感，我也沒有給予曾強什麼，淡淡的日子淡淡的過，只有女兒是他最放不下的。

每一個人都有各自的特性，曾強固執地相信他的明天會因爲他的踏實工作變得更好，這個傻子，基金會事件之後他一直下鄉收欠款，但那些家財百萬的基金會上層人士依舊開好車喝好酒、房子買了又買、女人換了又換。

同樣是男人，當初我選擇曾強一大半是父母的意思，一少半是因爲與被迫與戚岳陽分手心灰意冷，想著找個英俊空軍退役軍人也許不錯；事實證明我錯得很離譜，對婚姻害怕透了。

戚岳陽說服我離開小縣城，女兒暫時依舊陪在傷心絕透的曾強父母身邊。

松杉大學畢業在成都創業已經走上順境，我自己住，爸媽也沒有勉強，這幾年我的婚姻狀況他們也明白，對於戚岳陽我們互相沒有提及。

我沒有夢見過曾強，一次也沒有。

精神慢慢恢復之後，岳陽安排我去考駕照，準備買一輛寶馬送給我，喜歡什麼樣的車號也沒問題；我沒有要是因爲我喜歡他開過的車，希望有安全感。

我缺乏安全感，對很多事物、社會的、個人的，甚至心靈的，潛意識裡知道與他們的關係只是相交差而過，只是身體，身體總是會經歷感受，總會逃不過某些屬於自己的疼痛或者歡笑。

有些來自身體遺傳的彷佛一出世就被鎖定目標，就如疤痕體質一般難治療，DNA更多是與自己有關，有改變的可能，也許會更好、也許會更糟，當我再次成爲單身，能夠讓我身體疼痛的也許就是一塊很小很小的疤痕，豔麗顏色的花一般盛開在我的右大腿內側，小指蓋大小那樣悄悄跟隨我。

傷痛不會停留很久，總之讓人感受了就溜走，抓不到、握不住。

我去過很多有意思的城市，不是人滿爲患的所謂北京上海，是一些相對能夠體會到民族的自然風景城市，時代破壞與人的破壞共同進步。

回到成都，戚岳陽依舊很忙碌，我很少去公司看他，更多時間我喜歡在家裡面寫字玩，豐富物質讓我活得輕鬆，不太記得以往艱澀，能夠忘記是件好事。

那本關於「比較」的書接近尾聲，起身活動活動，坐在電腦前一個下午了。電話鈴響聲常常在很安靜的屋子裡讓我一驚，沒有想到是曉韻打來的，我問她是否在成都，我們見見說說話。

曉韻說是的她來出差，住在喀秋莎飯店。

關電腦拿手袋關好門，二十分鐘開車到了喀秋莎飯店，保安穿著前蘇聯紅軍制服，飯店停車場停好車，曉韻依舊在大堂等我；曉韻的著裝與神韻愈來愈接近正局級領導的氣度，只是還很年輕，她與我同是二十八歲。

我們去樓上茶廳，坐在窗戶旁很柔軟的布沙發裡，曉韻問我：「這一次我可以見見妳的戚岳陽了吧？」

「我問問他今天什麼時間下班，」我對曉韻說。

拿出手機打給岳陽，不巧是忙線，我對曉韻說：「忙線，待會兒他會打過來。」

我們要了兩杯咖啡，我問曉韻：「有寶寶了嗎？」

曉韻神色泛出些黯淡：「松松，好可惜，三個月時流產了。」

「怎麼回事，也不知道小心些。」我懷過孕知道其中滋味。

曉韻說：「說來傷心，還是不提了吧。」

我沒有再問，我們兩人不再是中學時期的女孩，有很多事隨同各自境遇也不便講。

我說：「曉韻，工作挺順利吧。」

曉韻的今天來得不易，她也珍惜，很優雅疊起兩隻腿，曉韻說：「松松，戚岳陽自己有孩子嗎？」

「不是說不提小孩嗎？」我喝下一口咖啡。

曉韻揚揚眉，歎口氣說：「再痛苦的也會過去，我努力在忘呢。」

我笑笑：「戚岳陽沒有孩子。」

「上次見妳也沒有問起，戚岳陽是一直沒有，還是孩子在當年離婚時給前妻撫養了？」

我告訴她：「沒有，他一直沒有孩子。」

「他向妳提過這事嗎？」

我搖搖頭。

曉韻想想：「也無所謂，自己活得開心就行了。」

我問她：「工作忙嗎？」

曉韻笑笑：「有點忙，我喜歡忙，一旦閒下來還不習慣。」

我問曉韻：「這一次出差幾天？」

曉韻喝口咖啡：「兩天，」她笑笑：「松松，在家裡工作的感覺怎麼樣呢？孩子沒有在身邊，會感到寂寞嗎？」

我搖搖頭：「不會。」

手機響了，是岳陽的號碼：「松松，在幹什麼？」

「我在與曉韻聊天，你忙完了過來好嗎？曉韻想見見你。」

「好啊，妳們在哪裡？」

「喀秋莎飯店茶廳。」

「好，我記住了。」

關上電話，曉韻笑道：「怎麼說我想見妳的戚岳陽呢？」

我笑笑：「有空與你先生一起來玩，我們去蜀南竹海，那裡風景很好。」

曉韻想想，對我說：「我的先生很普通，不能與你的戚岳陽相比？戚岳陽可是金領！」

曉韻不會對自己先生有多少不滿，否則怎麼會結婚？像曉韻那樣奮鬥歷程的女性在三十歲之前的功成名就之後，還能夠遇見願意安心與她過一輩子的男人，也算不錯了。

我對曉韻沒有偏見，可能是因爲中學時期開始的友誼，就像她的名字，曉韻很有女人韻味、精明而且懂事，很年輕的副局長，還很可能前途無量。

「松松，幹什麼又分神了？！」曉韻對我笑笑。

我衝口就出：「妳很能幹。」

立刻爲這句話後悔。

曉韻沈默下來，看看我，慢慢說：「每個人環境不同，女人爲了生存很可能會付出更多，有什麼錯嗎？即使有錯，又能怪誰呢？」

我並不想解釋，沒有說話端起杯子喝咖啡。

曉韻見的場面畢竟多，沒有在理會剛才的話，她對我說：「松松，今天我也向妳介紹一位男士，我的朋友、很談得來的朋友。」

我知道曉韻會給我介紹誰，存在就是合理的。

曉韻拿出電話：「是我，我在喀秋莎飯店茶廳等你？是的，有事。」

曉韻放回手機：「很巧他也在成都開會。」

戚岳陽出現在茶廳門口，我輕輕對他招招手；岳陽微笑走過來，我為他們互相介紹。

曉韻笑笑：「總算見到我最好朋友的朋友了，也許應該說是愛人！」

岳陽笑道：「曉韻女士，妳好。」

上班期間岳陽著裝非常注重質量與莊重，坐在我與曉韻對面的岳陽，深色西服、銀灰領帶，氣定神閑，神采內斂，曉韻看看岳陽，笑道：「戚先生，這是我們第一次見面，我可是很多年前就從松松這裡得知您，果然不同凡響，戚先生事業做得很大吧？」

「事業走在順境上；」岳陽笑笑：「曉韻女士同樣也非常年輕能幹。」

我問岳陽喝什麼？他說還是喝咖啡，要了杯德國葛蘭特。

曉韻笑笑：「戚先生，我與松松是中學時代開始的朋友，我可是關心她的，什麼時間請我喝喜酒呢？」

岳陽看看我，笑道：「這個可不是我說了就行，得尊重松松的想法。」

「哦？」曉韻笑看我。

這個問題讓人頭大，更何況婚姻傷人一次就夠了。茶廳一直輕飄飄放些浪漫音樂。

我對曉韻說：「這以後再說。」

「松松，女人的青春可不是永久的。」曉韻緩緩笑笑。

「婚姻也不會是永久的，有什麼是永久的？」我問她，而且開始不喜歡這次聚會。

曉韻歎口氣：「是啊，什麼是永久的？用盡青春與智力得來的一切物質，也許有一天會一錢不值。」

得來的物質會一錢不值，得不到的同樣也是那樣，我問曉韻：「怎麼這樣？曉韻，上次不是說妳在工作上面會有變動嗎，這樣，以後我們距離會更近些。」

「是的，」曉韻掃掃剛才眉間隱隱愁雲，換了活色生香的美女幹部形象：「很快了，到時候我們的距離只有一個多小時了。」

我笑笑：「那好，我們可以經常見面。」

岳陽一直聽我們說話，曉韻是我的朋友，見過很多次曾強，也在我以前與曾強的家裡吃過男主人親手下廚做的菜，雖然現在大家不會去介意、岳陽也不便與多說。
岳陽問我們：「晚上我們去什麼地方吃晚餐？」
我對岳陽說：「再等等，還有一位客人。」
岳陽問我：「是妳的朋友嗎？」
我笑笑：「是曉韻的朋友。」
曉韻笑笑：「可能快來了，我再打個電話問問。」
曉韻拿出玫瑰紅手機，撥了號碼問對方什麼時間可以到達，大家等他一同晚餐。
通完話曉韻對我們笑道：「很快了，就幾分鐘。」
我對曉韻說：「不急。」
幾分鐘後一位男士走過來，從髮型的齊整、著裝質量上乘、含蓄與氣質上看，是屬於很典型的市級系統領導、四十五歲左右，從曉韻與他的關係上看，目前他在市級領導層中應該是當權派；以前我在電視上見過他講話，只是近年再沒有心思聽。
領導過來，用眼睛看我們，臉上不動聲色，坐在曉韻旁邊，給我的第一個印象是他與曉韻很般配。
曉韻等領導坐下了，對我們笑道：「我來介紹，這位是劉劾部長，這是我中學時代就很好的朋友松松，」再用手掌指著岳陽：「這位是松松的朋友戚岳陽先生，實業金領，事業發展很大成都很有名的企業家。」

領導眼睛裡開始有些笑意，聽完介紹岳陽後，就與岳陽握手：「戚先生，你好！」

岳陽同樣笑道：「劉部長，你好！」

曉韻對劉部長笑道：「大家等你來了，一同去晚餐。」

劉部長點點頭，我對曉韻說：「我們去吃海鮮吧。」

曉韻頓頓，說：「部長這兩天有些過敏，我們還是吃中餐吧。」

岳陽笑道：「那好，我們去一家安靜優雅的飯店。」

部長來時坐專職司機開的進口車，曉韻上了我的白色本田，岳陽開了賓士過來，最後部長讓司機回去自己上了岳陽的車。

曉韻在車上對我說：「眞羨慕妳啊，不用操心生計問題，戚岳陽對妳又這麼體貼。」

我笑笑：「妳難道還會爲了生計操心？這是你們第一次見面，就著樣斷定他體貼我？」

曉韻靠著座椅背：「我見過的男男女女多了，眼睛有一定的功力，再說妳也挺好看的。」

我對曉韻說：「劉部長對妳也不錯吧？」

曉韻何必老是在我面前忌諱什麼，她笑道：「這麼容易看出來？妳的眼睛也夠厲害。」

我說：「無所謂的。」

曉韻說：「我更不介意，再說，發展才是硬道理，我現在挺好的，還會有更好地前途。」

我說：「這就行了。」

曉韻歎口氣：「女人，還能求什麼呢？」

我說：「妳已經得到很多女人得不到的地位，有多少個女局長？」

曉韻看看我：「諷刺我嗎？」

我問曉韻：「妳看像嗎？」

曉韻歎口氣、對我說：「曾強也怪可憐的，多年輕就去世了。」

我只能說：「生死有命。」

曉韻說：「現在還會想曾強嗎？」

我說：「妳不提我就不會想，很好笑，曾強去世前半年沒有領到一分錢工資，想他幹什麼？我有女兒我們還得生存。」

曉韻看看我：「這樣想？」

我說：「能怎麼想？我們是普普通通的老百姓，沒有能力改變什麼，好在曾強的死解放了我。」

心裡有個地方開始疼，提起曾強就會疼的地方。

曉韻笑道：「這麼絕情？」

我說：「是我絕情嗎？」

轉眼到了飯店，劉部長肚子大酒量也很大，一餐飯不知道說了些什麼，反正我的頭昏昏的直到吃完飯。

劉部長打電話讓司機來接，岳陽讓我也別開車了，車停在飯店明天再來開，我喝了些酒。

曉韻上了部長的專車，告別後我上了岳陽的車。

岳陽看看我：「臉紅紅的，好久沒有這樣喝了吧？」

我摸摸臉：「沒什麼。」

岳陽說：「看得出他們是一對。」

我笑笑：「很正常。」

「劉部長眞能喝，」岳陽笑道：「我們今天談了一個大致的計畫。」

我看看他，岳陽接著說：「有一塊地皮，我準備後天去看看，眞合適的話，我準備參加競標。」

我問岳陽：「劉部長透露的消息？」

岳陽點頭笑笑：「其實也無所謂的，先去看看再說。」

席間他們交換了名片，談到商業與金錢、男士頭頭是道，劉部長不在商界混有些可惜，不過高手何必非得親自渡海，沒有見到翅膀的痕迹，照樣可以飛過。

這種事情，在戚岳陽身邊久了自然能夠看出不少，戚岳陽是正經納稅的生意人，同樣，他也懂得怎麼樣將關係合法化，進化成物質，這不是秘密；商業從來就不是什麼秘密。

感覺有些累，我閉上眼休息。

岳陽問我：「今晚在我那裡睡？」

我點點頭：「有點累了，每一次見曉韻過後總會感到累。」

事實上我是不願意去回憶的女人，更多的時間我願意享受現在，享受現在戚岳陽帶給我人世間的快感。

戚岳陽做過汽車生意，這幾年將重心放在房地產上面，妹妹松杉近年也在涉足房地產，不過與岳陽相比，松杉在資金上面自然弱了些。我與岳陽時常約松杉出來喝茶聊天購物，不過大家不再提起過去我的那段婚姻，不愉快又傷痕累累的。

我很少看電視劇，至於電影，有些時候我會獨自去成都最好的電影院看新近上映的戰爭片，當然是避開岳陽自己去的。

曾強以前就喜歡看戰爭片，對二戰影片特別著迷，坐在電影院看入迷就像有人影陪在我身邊，還有些熟悉的氣息傳過來似乎很久違，我是相信第六感的，我也相信那個時候是曾強靜靜陪在我身邊；漂亮的大眼睛盯著螢幕，曾強血氣方剛英俊挺拔，什麼都好，就是不會明白地看待世情，一味堅持自己「努力就會有收穫」的論點，他不相信世界將弱勢人群踩在腳下的事實。

我也不認爲戚岳陽是個奸商之類，他有的是智力與操作自己需要市場的能力，只不過我沒能夠將兩位男人做什麼比較，沒有意義也不能起什麼作用，世界是這樣的，我拿它沒法、曾強更拿它沒法。

生活在匱乏中，很容易讓人忘記自己的本來，在優雅物資滋潤下，也容易忘記自己的本來，自己原本是沒有存在任何比較的意義，比較因爲單純的比較才存在，事實上沒有動靜。

白天於黑夜是一種相對動態，山水漲了一天一地瀰漫，飄過的雪花層層浪卷，夜裡寂靜群星未曾言語，熱了，則是普天普地的熱。

「比較」的書慢慢付梓，每一天工作時間讓人寬慰、讓人不寂寞。

接下來我準備另一本小說。

戚岳陽去看了地皮，發覺那地方有投資潛力，我喜歡與岳陽去看地皮，可以瞭解一些市場狀況，更多是可以活動活動身體，在家裡寫久了背也會痛，脖子也會疼。

曉韻給我電話，她很順利調進距離成都很近的一個市政府，我想她還會接著上調，只是時間而已。

我的房間不是每天打掃，那樣太累，兩三天時間自己做些日常清潔，每個星期岳陽的秘書會打電話給清潔公司，請一位工人替我做些複雜的清潔工作。

我一直喜歡寫，說話不多，在家工作也有寂寞的感受，如果我不去想曾強就會忘記疼。

岳陽給予我很多很多，但我心安理得，不過我沒有去過問任何我不在的夜晚，他會去幹什麼，他也沒有問過我，也許他的繁忙日常工作，讓他身體很累，需要獨自休養，而我也需要空間呼吸。

自由自在的呼吸，靈魂不再受到身體的約束。

可以飛越時間，可以飛越對比。

這晚在岳陽家裡睡，早晨岳陽上班我也會同時起床，戚伯母的生活細節有褓姆照顧，有些時間我會陪著老人散散步、吃一次清淡晚餐，岳陽在物質上盡力爲母親做到最好，但戚伯母想要的不是這些。

她問過我：「松松，妳們什麼時候結婚呢？我很想抱孫孫，也不好當著岳陽問你，我們都是女人，告訴我是不是岳陽對妳不夠細心與體貼？」

我對她說岳陽對我很好，結婚的事不急，我們現在很好，眞的很好。

小安會來電話問我：「媽媽，妳好嗎？」

「媽媽很好，你呢，小安好嗎？爺爺奶奶好嗎？」

小安說：「我們很好，媽媽，我想見妳了。」

周末清晨在岳陽臥室，陽光剛好到達臥室窗簾第二層，岳陽醒了就起身刷地將窗簾拉開，屋裡彌開新鮮夏日味道。

岳陽回到床上擁住我：「松松，今天準備怎麼過？我們上山去住兩天避暑？」

我對岳陽說：「小安昨天來電話要看看我。」

岳陽點點頭：「這樣，妳怎麼計劃？」

小安長相非常酷似曾強，因爲是女孩子，漂亮中多了俊秀，我與岳陽談話言辭並不避忌小安。

「我計劃今天回去看小安，你呢？」我問岳陽。

岳陽想想：「我休息。」

我沒有對岳陽說過戚伯母的話，我知道同樣的話戚伯母也會對岳陽說。

在床上坐起身子，活動活動脖子：「岳陽，我去看小安。」

岳陽想想說：「將小安接來玩幾天。」

我笑笑：「小孩子很麻煩的。」

岳陽下床再拉我起來，我們在臥室陽臺看外面，天氣似乎會很熱，岳陽說：「松松，在避孕吧。」

「清晨怎麼問這個？」我笑笑，去櫃子前拿衣服，準備洗過澡換上了，回小城去看小安。

岳陽走過來在我耳邊說：「我希望妳中彈。」

很想笑，忍住了。

岳陽說：「會的，我會成功的，一定！」

洗澡間有很大一面鏡子，我的小腹平坦結實、腰部沒有一絲贅肉，這些年基本以素食爲主，不是爲了體重，也許更多的是我的信仰讓我感動。

洗過澡穿上一套無袖白色及膝裙，岳陽說：「松松，將小安接來吧，我來給妳們做司機。」

我對岳陽說：「好啊，你去洗澡，然後我們出發。」

褓姆做好了早餐，戚伯母坐在餐桌前等我們下樓：「今天周末，你們怎麼安排的？」

岳陽說：「我與松松去接小安來玩幾天。」

戚伯母點點頭：「那好，我也想見小乖乖了。」

我對戚伯母笑道：「吃過早餐我們就去。」

早餐過後岳陽開車，他說：「我們先去超市買些東西給妳帶回去。」

在。

我點點頭，因爲休假，岳陽穿了我買給他的白色休閒襯衫和同質長褲，很涼爽自

買了好大一包各類食物，當然也有老人適合的，路上岳陽對我說：「待會兒到

了，我還是在車上等妳與小安。」

我對他笑笑：「好的。」

兩個多小時路程，走向小縣城的路上溫度漸漸降了些，一座有六百多年歷史的小

縣城，群山懷裡，河床終年流動長江上游水。

曾強父母家樓下，我拿出手機撥過去，接電話的是曾強媽媽，她是一個多淚水的

女人。

「媽媽，我來接小安去成都玩幾天，爸爸與小安在家吧？」

曾強媽媽聽見我的聲音就會哽咽，昔日兒媳過得好好地，自己兒子早化成骨灰，

曾強媽媽說：「在家，我給小安收拾幾件衣服吧。」

我笑笑：「媽媽，不用了，我準備給小安買一些衣服，不用再帶了，我快到了。」

曾強媽媽說：「那好，我們等妳。」

這樣的電話不多，我也不避開岳陽，岳陽靜靜聽我通完話，車到了，離開曾強父

母家一百公尺處停下車，我對岳陽說：「岳陽，我去接小安了。」

岳陽笑笑，轉身在後座提起好大一個包裝袋：「松松，提得動嗎？」

我接過來對他笑道：「應該沒有問題。」

「我等妳，」岳陽拿出煙盒對我說。

「我走了？」我對岳陽笑笑。

他笑笑，點燃香煙。

關上車門，我獨自走，總是感覺到岳陽眼睛在我背上。

一座舊樓，五樓一號，在門口我就聽見小安響響脆脆的聲音，門虛掩著，一推就開。

「媽媽！」小安第一個看見我，跑過來。

曾強爸爸媽媽笑看我進屋，我遞過大袋子：「爸爸、媽媽，這是一些食物，有些可能要放進冰箱保存。」

曾強爸爸接過來：「妳先休息，喝口水，」他提著袋子，打開冰箱。

屋裡沒有空調，舊電扇低低吹些風出來，小安穿著半新的藍色裙子，額頭上已經有汗珠滲出，曾強媽媽說：「小安就喜歡動，大清早也會出汗。」

我將小安抱進懷裡：「小孩子是這樣的。」

小安摸摸我臉：「媽媽！」

曾強媽媽對小安說：「小安，看妳的手，媽媽臉上留下你的小手印了。」

曾強媽媽五十四歲，爸爸六十歲也快退休了，兩位老人衣著樸素，屋裡電器、家具還是我與曾強結婚那年一同換上的，也是半舊了。

他問我：「松松，中午想吃些什麼？讓小安奶奶做。」

我對他們說：「不用了，我想早點帶小安去，下午可能會很熱。」

曾強媽媽去臥室拿出一個小袋子，裡面裝了一瓶新鮮金銀花泡的水：「小安帶著路上喝，解暑。」

我將小安放下來，接過瓶子遞給小安：「小安，給爺爺、奶奶說再見。」

出門時老人追問：「什麼時間回來？」

我對他們說：「玩兩天吧，小安周日晚上回來。」

老人送我到樓下，也沒有問我怎麼走，也沒有繼續送我，他們可能聽說過戚岳陽，也不願意碰面。

岳陽看見我們出來伸手爲我們打開車門，我與小安坐後座，小安稱呼岳陽「伯伯！」

我沒有教過她，也不是第一次見岳陽，見過一兩次，那時還小，可能印象不深。

岳陽看看我，再對小安笑道：「小安乖，我們出發。」

小安一路與我說話，岳陽有時問她幾句，小安並不認生。

還沒有到成都，松杉打來電話問我周末幹什麼？告訴她我接小安玩兩天，松杉囑咐我將小安帶回家爸爸媽媽要看外孫女。

整個車裡裝滿了我們家的氣息，我對岳陽說：「先送小安去松杉家吧。」

岳陽問：「小安，姨媽想見你了。」

小安對我說：「媽媽，我也想見姨媽，還有外爺外婆，還有祖祖。」

坐在後座很容易看見岳陽後腦隱藏的白髮，多少有些悲哀，生就有死緊隨。

想想，我對岳陽說：「岳陽，先去松杉家，我明天再去松杉家接小安。」

岳陽說：「你安排好了。」

送小安去松杉公寓，岳陽依舊在車裡等我，接到公司一位元經理電話，我獨自下樓上車，岳陽接完電話對我說：「松松，有位大客戶在成都旅遊，我得去見見。」

我對岳陽說：「我陪你去方便嗎？」

岳陽笑道：「方便，我們回去換衣服。」

時常有這些意外的客人出現，戚岳陽很懂得怎樣運用各種關係溝通運作，席間除去岳陽這樣的商界人物還有政界人物，大家爲了一個共同的發展目標坐在一張桌前，喝了好多瓶軒尼詩X.O，男人們衣著光鮮、女士美豔照人。

杯盤狼藉之後已是夜晚，大客戶提議去夜總會唱唱歌，沒有任何男人離開，上車去夜總會前我在岳陽耳邊說：「可能我喝多了點。」

岳陽問我：「想回家休息嗎？」

我點點頭：「你陪客人，我叫計程車。」

的確是有些頭暈，夜總會太吵，還是一個人回家洗過澡、散散步好，直到洗完澡換上清爽衣服，酒醒了猛然回想起小安，我是不太願意常與爸爸媽媽見面，歎口氣，還是靜下寫點東西，明天再去陪小安。

準備寫一本人文小說，有了些錢之後，我就想寫很順筆的題材，恰巧前些天一位書商與我聯繫，說臺灣一家出版社對此有意。

寫稿至很晚，岳陽來電話說自己喝多了些，想過來住；半小時後有人敲門，打開門聞見很大的酒氣，再好的酒入了腸子也是同樣的氣味。

戚岳陽站在門外，頭髮也濕了，臉紅紅的。

「我給你倒杯蜂蜜涼水醒醒酒，」我對他說。

關好門戚岳陽坐進沙發：「松松，還沒有休息？」

聽上去就是醉意，我說：「休息了怎麼下來給你開門。」

遞過杯子，戚岳陽仰頭一口氣喝完，拉住我的手：「松松，我們上樓睡覺。」

我接過空杯子放在玻璃茶几上，對他說：「先去洗澡，累了吧。」

戚岳陽站起來：「也不是很累，」將我抱起向樓上走：「一起洗。」

屋子裡空調嗡嗡輕響，戚岳陽在浴室洗澡，我在臥室看新聞，戚岳陽洗完澡穿著雪白睡袍問我：「松松，我身上還有酒氣嗎？」

看看他：「沒有，很清爽。」

他坐過來，問我：「想我嗎？」

知道他還有酒意，也不去理會。

戚岳陽說：「我想松松了。」

我關掉電視，戚岳陽關掉燈，床單上面的戚岳陽已經脫去身上浴袍，外面有燈光透進來，今天晚上我對他的裸體提不起任何興趣，似乎也沒有什麼原因。

被子雪白輕柔，戚岳陽壓在我身上替我拉除白睡袍，他的身體很熱、很膨脹。戚岳陽興致高漲，像一頭發情的獅子，我的頭髮也被他弄散開，戚岳陽說：「多美的身體。」

我對戚岳陽說：「今天我有些不太想，不太有感覺。」

「為什麼要拒絕我？」他不明白。

「有很多理由，」沒有燈，我睜大眼看他，喝酒之後戚岳陽眼睛裡神彩減少許多。似乎沒有聽見，一挺身子侵入我的身體：「不要說話，我給妳最好的享受。」

他眞的在給我最好的享受，儘管我能夠養活自己，戚岳陽還是給予我人世間生存非常寬裕的物質，讓我精神為此鬆弛，並不再如以往。

戚岳陽性能力過人，就像他的商業能力，被他一次次淋漓盡致征服。

許久之後，戚岳陽終於從我身體裡面退出來，他的汗珠掉在我的心口，戚岳陽說：「今晚你沒有去夜總會，我們去陪客人，坐下不到十分鐘，妳猜誰來了？我們認識的。」

我累了沒有心思猜，搖搖頭。

戚岳陽翻過身子抱住我：「妳的朋友美女局長曉韻還有她的劉部長。」

我對戚岳陽說：「正常，不能再正常了。」

戚岳陽笑笑，再次翻翻身子無限滿足睡熟過去。

我也迷迷糊糊想睡，恍惚又是曾強給予我的半新的新房，常年爲拿不到工資發愁的生計憂鬱，倒楣透頂的退伍兵妻子。

在那個地方，常年財政赤字，長官們聲色犬馬；老老實實做人，招致後院起火；老婆紅杏出牆，自己做了冤鬼，骨灰盒裡還被抽稅。

後來我睡熟了，像縱慾過後虛脫的畜生。

曾強總是陰魂不散潛伏在夢外，我爲強盛的金領男人付出赤裸，每一夜貞操揉碎，極力迴避死去的人。

松松的爸媽與小女兒松杉住在一起，成都很適宜老人生活，夜晚的府南河沿岸，松家老人帶著周末來玩的外孫女曾小安散步。

大女兒松松如今看上去挺好，與戚岳陽的交往不再受到老人批評，不知道什麼在變化，總之能夠生活好是第一位，發展才是硬道理。

外婆一直持齋念佛，松松有時會去念一些經文給外婆聽。

松松希望看見身體與智慧融爲一體，但身體不可能在人世間完全由自己作主。

溪水暴漲，落下去的平靜；

她如今活得很好很富裕。

斑駁

下午侵襲上來百無聊賴，寫了些稿件，停下喝杯水，然後給岳陽打電話，告訴他我很難受。

也許是因爲成都空氣很擁擠，初秋天氣，蜀中有很多去處，岳陽說要不然我們去山裡住幾天或者陪我去九寨溝、瀘沽湖。

我說隨便了，只要安靜就好，他說今晚有一個酒會會回來晚些，如果我有興趣他來接我。

告訴他：「晚上我要聽些音樂。」

我住在自己家裡，喜歡獨自存在的感覺，還有些空虛可以存放記憶，即使得到岳陽也不能填滿慾望酒杯，生命正從慾望裡來，死了也是沈醉在死亡的慾望中。

晚上獨自在家寫小說，寫一些可能沒有多少市場的人文小說，在我對財務、對感覺沒有多少恐慌，我就從容寫我的小說，如果某一天我開始寫自己做愛，一定是寂寞讓我恍然無助。

我通常喜歡穿溫柔貼近皮膚的衣服，鍾意那些修身長褲，岳陽的衣物常是那些金領男士們喜愛的牌子，我對金領的牌子不感興趣，卻對他們身體裡面衝刺能量有興趣，因爲前段婚姻後遺症，我至今仍害怕與不成熟沒有經濟基礎的年輕男士交往。

成都秋天不會很冷，空氣大致能夠保持非常滋潤，初秋城市還有熱度持續，夜晚九點，我起身倒杯水端了杯子站在窗前，屋裡好安靜，關掉音樂沒有旁人的氣味，下午消散的點滴開始聚攏雲層那樣合在某一處，開始感覺無聊，開始想一個人。喝完水想出去走走，在家裡工作通常是穿睡衣，很快地洗了澡換了 GUCCI 緊身上裝長褲，拿上皮包關門下樓。

很多次重復這些動作也會有恍惚做夢的驚覺。

以至於下樓還有些不清醒，不願意開車，走過中央花園長長一段路，在外面叫了計程車，去哪裡？

沒有朋友沒有別的情人，發現在心理上開始漸漸非常依賴岳陽，知道這不是個好的信號，本意上我希望與他保持一段距離，兩個人不可以貼得太近，太近了會影響彼此呼吸，即使是很親密的情人也不可以代替自己心靈去感覺，不同的感覺成爲墮落與覺悟的起點。

告訴計程車司機，去天府廣場，那裡有夜晚的草坪有雪糕，我不是喜歡泡酒吧的女人，除非身體空虛地讓心疼痛。

車還沒有到廣場，岳陽給我打來電話：「松松，在幹什麼呢？」

「在車上，我想去散散步。」

「我在假日酒店，酒會開始了一會兒，來嗎？」

「不用了，」我不喜歡那裡的香水味道。

岳陽那端想想，笑道：「那好，我們再聯繫。」

我輕輕說道：「再見。」

廣場上面很多人，買了雪糕坐在草坪臺階上，吃下第一口之後，有人對我說：

「妳好嗎？」

看見旁邊一張夜色裡很英俊的臉，這樣的晚上對於美麗自然應該有防備。

「我也是來這裡坐坐的，」他笑道，一身淺色衣衫，看上去接近二十七歲。

不習慣獵豔，也不習慣成爲獵物，靜靜審視，我發現除了慼岳陽自己已經不能夠臆想其他男性身體氣味，這是否意謂跌落得很糟糕；

這個人安靜下來不再說話，我們並排坐著各不相干。

吃完雪糕，打開手袋準備將濕紙巾拿出來擦擦手，旁邊遞過來一疊紙巾，旁邊這個人對我說：「請不要客氣。」

看看他，我接過來擦擦手指，起身走幾步將它丟進垃圾筒，不打算再回到原處坐，不習慣與陌生人講話。

我在前面走，旁邊的人開始距離我近了，轉頭見是還那個陌生人，他對我說：「我叫季伯納，能認識妳嗎？」

見我沒有回音，季伯納說：「成都很不錯，今天晚上很不錯，還有妳的黑色衣服很合身。」

我站住對他說：「我對四十歲以下男士沒有談話慾望。」

他沒再說話，對我笑笑，站在原處，我繼續走。

岳陽再次打來電話：「松松，想妳。」

我笑道：「安心繼續你的酒會，我在散步，感覺很好。」

岳陽說：「我在陽臺上吹吹風，妳想我嗎？」

同樣他也如此一天天依賴我的想不想，我對他說：「想。」

岳陽像小孩那樣膩：「想就來陪陪我。」

「你們的聚會還不是談生意，我來幹什麼呢？」

「談得差不多了，只等一位還沒到場的，見了面談些事就可以離開，松松，來嘛。」

我笑道：「好。」

岳陽問：「妳在哪裡？我來接妳。」

對他說：「不用了，我自己來。」

「那好，我在酒店大廳等妳。」

酒店外面剛下車，便看見岳陽向我走來，臉色紅潤容光煥發，酒會設在七樓，岳陽一身西服，電梯裡我聞見他身上隱隱蘭德爾香水味道。男人的味道從香水裡表達出來，是不可以與身體自然本來的味道相提並論的，相反的，我欣賞很自然的男人味，身體裡面有智慧與能力、身體外面有性感從容。

大廳裡面很多人個個衣冠楚楚香味婆娑，我知道自己的長褲不合適，岳陽在耳邊笑道：「妳在這裡很另類。」

沒有理會他的玩笑，我問岳陽：「陽臺在哪裡？」

岳陽指指右面，說：「不要介意妳的衣服，很漂亮的。」

門外進來一位約六十歲的男士，中等個子微微發福看上去很有氣度，岳陽對我說：「他就是我們等的人，季先生。」

我對岳陽說：「你忙你的，我去陽臺坐坐。」

岳陽在我耳邊說：「好，我待會兒過來。」

岳陽的事業我沒有興趣過問，他生意上的朋友我認識的也不多，陽臺很寬，放了些芭蕉樹、一些椅子，坐下來不久便有人在身旁說：「妳好嗎？」

轉過頭看見剛才在天府廣場遇見的季伯納，他坐下來坐在旁邊椅子上，我對他沒有惡感：「你好。」

他看看我，指指自己身上衣衫：「在這裡我們兩個是最不合時宜的。」

這是實話而且很好笑，他問我：「妳來陪男朋友？」

「情人。」

季伯納點點頭：「可以告訴我是哪位嗎？」

我問他：「很好奇？」

他笑笑：「是的，很好奇。」

我站起身走至大廳邊沿，季伯納跟著過來，我正慢慢看岳陽在哪裡；岳陽正與不久前進來的六十歲的季先生笑談，季伯納眼神順著看過去：「是他嗎？」

「很奇怪嗎？」

季伯納笑笑：「不，很不錯，怎麼稱呼？」

「他姓戚。」

「不是，我是問妳，該怎麼稱呼妳？」季伯納對我笑道。

季伯納喜歡陌生人、喜歡陌生氣息，有些神秘味道的陌生人，他本身就是帶有神秘感的金領，只是他的神秘感過於敏銳，以至於不太讓他融入商業現實。他有藝術家的隨性，甚至他對我說：「與妳情人談話的，是我父親。」

聯想到他們的姓，不過是與不是對我沒有什麼意思，季伯納說：「我喜歡漂亮女人，喜歡與漂亮女人說話。」

我對他說：「我喜歡與四十歲以上的男士說話。」

季伯納對我笑道：「想不到妳有這種偏好。」

我回到原先椅子坐下，他沒有再坐過來，我開始聽聽大廳裡面傳出的音樂。有人開始跳舞，我開始感覺有些疲乏，準備悄悄離開，岳陽還在談事情嗎？從人群後面向門口走去，轉眼看見岳陽正與一位年輕女人談笑，女人嫵媚端莊，岳陽的狀態很棒。

頓時生出的慾望感驅走了我的疲乏困倦。戚岳陽健康膚色緊貼雪白襯衫領口，髮型整齊滋潤，髮稍自然地微曲，兩眼神彩外溢，鼻樑俊美，我想他嘴唇上應該還有紅酒餘香，剪裁優雅的西服裡面肩膀厚實、臀部渾圓、小腹結實，我很欣賞他與那位女人談笑，岳陽不經意轉眼看見我的眼光，向我點點頭笑笑，示意我過去。

我走過去，他爲我們互相介紹，我完全心不在焉，只想將戚岳陽帶到僻靜一點的地方任我處置。

我在他耳邊用很低的聲音說：「岳陽，我想與你做愛，現在！」

戚岳陽轉眼看我，忍住笑，我沒有理會，拉上他的掌心向外走。岳陽跟著我，走廊上聽得見我們的腳步，電梯裡沒有別人，戚岳陽看著我的眼神又開始發笑。

電梯鏡子裡他的側影同樣非常迷人，西服如此變幻成性感鎧甲；香水味，戚岳陽身上幽隱的香水味道一直誘引我，很多年以來他一直用蘭德爾，酒會上用，某些時刻與我做愛前也用，某時引誘我會用，某時與我調情會用；開始吻他，舌尖挑逗進去，一隻手準備去拉開他的褲鏈，岳陽在我耳邊說：「現在不行，」堅決阻止。兩、三次拂開我的手，「叮」電梯停了，我的動作迅速停止，電梯門打開的一瞬，等在外面的人只看見兩個面色紅潤的男女，男的掩飾得很好，氣定神閑，女的似乎喘息未足。

戚岳陽忍住笑，大廳裡面他讓我等等，去櫃臺寫了房間，拿了房間卡，他知道我的慾望不可能等到回家。

我們再次上電梯，加上我們裡面有三男兩女，房間在十樓，走出電梯我早已濕透了。

打開房間門、關上，戚岳陽開始向後退、對我笑道：「松松，妳不會吃了我吧？」沒有理會他，我脫掉鞋子、脫掉長褲、脫掉上衣，裡面的內衣是一套雪白的GUCCI，他站在那裡看我脫，然後我走近衣冠楚楚的戚岳陽，開始解開內衣緩緩脫掉，全身赤裸站在床中央。戚岳陽一直微笑看我，我伸手，戚岳陽拉住，我用力將他拉在我身上，西服冰冰地貼在我的肌膚上，輕輕拉著領帶讓他距離我再近些，一面吻他，一面開始解他的領帶、西服扣子、脫掉他的西服、解開他的襯衫扣、脫掉他的襯衫、戚岳陽赤裸上身微笑看我，他沒有動，一味任由我擺佈，我喜歡看見燈光下他眼角很細很細的紋路。赤著身體披散長髮騎在他大腿上，拉開皮帶、解開西褲扣、拉下褲鏈，將他的長西褲褪下來扔在床下，戚岳陽的內褲雪白鼓脹，腿上很多汗毛，全身皮膚健康銅色，我隔著內褲開始含住戚岳陽碩大的寶貝，他身上還是有剩餘隱約的蘭德爾香水味，我喜歡他身上原本的非常淺淡的青草味，那種味道讓我在興奮之後能夠得到安撫，來自大自然深處的安撫。

含濕了岳陽的內褲，我替他脫下去，雪白柔軟的內褲像他膩住我的心；岳陽的寶貝很挺很大，我看看戚岳陽的眼睛，岳陽仍舊對我微笑，鼓勵我在他肉體上的一切放肆行爲，我俯下身伸手將戚岳陽的寶貝握在掌心，舌尖嘗嘗上面的味道，戚岳陽輕輕一聲呻吟，我再俯下身將舌尖從溫柔的蛋蛋上面一直輕輕提上去，戚岳陽忍不住再次呻吟，我自己已經濕透好幾次，戚岳陽的寶貝硬得可怕，我將嘴唇張開對著將戚岳陽的寶貝含進去，再含進去一些，戚岳陽的起伏很激烈，我仍舊不能接受口交最後一步，戚岳陽呻吟很厲害的一刻我迅速抬起頭，幾乎在同時戚岳陽將我的身體拉下去壓在他身上。

戚岳陽的性能力很強，與他看上去溫文爾雅的外表簡直不成比例，兩、三分鐘之後戚岳陽開始翻在我身上，兩個手掌將我的乳房靠向一塊，很容易的將自己碩大堅挺的性器官塞進去，我自己對乳交的感覺不是很好，戚岳陽的身子這樣騎在上半身讓我感覺很重，我扭動身子反抗；

「下來，快一點！」

「為什麼要下來？」戚岳陽頭髮開始甩落汗珠。

「壓死我了，」我對他笑道。

「不行，求我！」

我沒有求他，反而停下來靜靜觀察他，乳交即將達到他的高潮，戚岳陽即時停下，將身子向下一點、再下一點，開始含住我的乳頭，我自己也不清楚戚岳陽為什麼一直喜歡吸吮我的乳房，每次做愛他會用很長時間吸吮，我的乳房他不能一手而握，戚岳陽常常將臉埋在我的乳房中間用鬍鬚根部摩擦，用舌尖挑動乳頭。

戚岳陽問我：「想我嗎？要我嗎？」

「當然想，當然要。」

「什麼地方想？」

我對他說：「是下半身在想。」

下半身產生我們這個世界的慾望，下半身是權利來源、下半生是地獄、下半身是男人與女人。

我用手握住戚岳陽的寶貝，碩大堅挺，最後一刻甚至讓我害怕會讓自己疼痛，擔心放不進去，我的身體開始收縮，戚岳陽強行挺進去，很多次他是強行塞了進去，下體很潤滑，我再無他求，戚岳陽很瘋狂、很性感，能夠打一場很持久的侵略戰。

筋疲力盡過後我反而不容易睡著，精神脫離肉體開始遊蕩，感覺麻木，這讓我想到色即是空，留不住身體，還留得住色與情嗎？很好笑，即使做愛的慾望能夠持續到七十歲，最終也會隨這個身體而消失。感覺飛離，思維反而清晰，兩方的事物是否因爲相對立才有存在的可能，如果沒有一方、相對的另一方也沒了存在的條件，事物屬於「二」，「一」原本因爲事物才產生，所以「一」與相對的雙方實際上是沒有區別的。

做愛之後，我的頭腦開始閃過哲學閃過愛因斯坦、閃過達爾文，最後迷迷糊糊直至天亮，黎明那一刻我知道爲什麼自己需要不停工作。

接觸色情太多，製造色情太多，如果不工作，不去做些自己看來有意義的事，我會徹底墮落，從人墮落成情色女人，最後可能會因爲色情過多，患上色情麻木導致的智慧障礙。

戚岳陽很可憐，第二日他需要照常上班，我則會回到自己住處用手指解決自己生計問題，時間我可以儘量按照自己需要安排，岳陽不行，市場不會去遷就他，他很努力，努力工作專注事業的男士可愛而且性感。

戚岳陽與我說好晚上再見，我的生活裡面，身旁的朋友沒有網路上的工作朋友多，這樣很舒適，有空間感，靈犀脆弱寂寞孤獨是每一天我的過程，然後還有與戚岳陽纏綿發洩對身體的不滿。

從本意上講，我不願意自己擁有身體，身體是累贅，少女時代開始就這樣堅信不移，那個時期服用安眠藥自殺，一次以及第二次，不完全否定的第三次正等在暗夜牆角窺視，是誰說智慧藏在我的衣領裡面，是誰說智慧就是人原本的生命，那樣沒有挑剔。

後來我與富家子弟季伯納又見過幾次面，再後來兩個人已不願意再見到彼此，他去北京讀研究所，美術方面的。

時間是一些不確定的遊弋因數，因爲需要而存在，如果有一天不需要時間來概定速度，存在本身的意義就會削弱許多；成都玉林一帶的酒吧聚集許多詩人、作家、炮手、歌手、演員。「動機驅使」是一家我常去的酒吧，再次去又見到季伯納。

我進去坐了角落位置要了酒，一杯酒飲完看見同樣坐在角落的他，一身淺色秋裝，神情倦怠臉頰消瘦。

我們對視一眼認出彼此，用眼神打打招呼，季伯納走過來坐在我旁邊：「松松。」

我看看他：「你好。」

「戚岳陽的情人，傳說他對你很專一。」

「我喜歡老情人。」

季伯納不以為然：「我喜歡一個人，喜歡與漂亮女人說話，喜歡無性的男女關係。」

我看他，像是縱慾過度的面形。

季伯納對我說：「性是一種讓人噁心的東西。」

我覺得好笑，喝下一大口酒。

「今天晚上沒有人陪嗎？」他似乎對我很有興趣。

我也覺得很有興趣，問他：「你有什麼好玩的？」

他淡淡一笑：「通常小資女人不喜歡玩這種遊戲。」

我笑道：「試試看。」

「那好，」季伯納站起來拉上我一隻手：「跟我來。」

我自己是喜歡刺激，在某些感覺單調的時候。

季伯納的車停在外面，他說：「上車。」

我坐在他旁邊，如果是下地獄，我也願意去試試。

季伯納說：「不會是下地獄。」

我問他：「聽心術嗎？」

他淡淡一笑：「矇的。」

夜色裡大廈向後飛，我閉上眼對季伯納說：「我想睡睡，累了。」

睡覺唯一可以補充給我的是次日的寂寞感，第二日我又得接著工作以此消除寂寞，那些不可預知的魂落魄傷的寂寞。

我醒的時候，季伯納在車裡靜靜吸煙，車窗開了一半，他的側影很有稜角，頭髮有些凌亂，一眼瞥過去，鏡子裡我的頭髮也是凌亂地散在肩上。

他見我看他，淡淡一笑：「睡得很香。」

我坐直身子，問他：「怎麼玩？」

他睨我一眼：「眞的要玩？」

我說：「除了大麻。」

他看看外面：「我在這裡住，進去吧。」

這是一片別墅群，我猜想是在東門外，季伯納並不知道我同樣在東門居住，過了清水橋，有名流花園，我問他：「是名流花園吧？」

他點點頭：「我的家。」

路燈恍恍忽忽地，季伯納的別墅外面很荒蕪，沒有修整的痕跡，也許是夜晚，如果天明來看大約野草已經齊腰深了。

我跟在他後面，他打開鐵門進去，打開燈，房子裡很安靜沒有怎麼裝修，家具看上去有些陳舊有些斑駁，是的，是斑駁，季伯納這個人給我的感覺就是「斑駁。」年輕的斑駁男子。

他打開樓上的燈，然後拉我的手上樓，進一間臥室，開燈，這間臥室很大，中央擺著一張很寬大的木床，木地板同樣充滿斑駁，牆上掛了好多幅畢卡索的作品。

「從小我一直學美術，沒有放棄過，我只是一直在放棄女人。」

我看看他：「你會很吸引女人。」

季伯納坐在床上，我坐在床的另一方。

「以前的女朋友看上的是我父親的錢袋，」季伯納淡淡一笑。

我問他：「女朋友多嗎？」

仍舊淡淡一笑：「不多，兩個。」

我對他說：「兩個而已，不要如此灰心。」

「我的臉上寫著灰心嗎？」

我看看他，搖搖頭，再問他：「你沒有工作嗎？」

季伯納說：「我管理家族兩個公司。」

我問他：「在什麼地方？」

「深圳，這次是回成都辦些事，做些考察，如果專案合適，準備在成都拓展業務。」

我的生活圈子在變小，出門的時間不多，認識的人不多，碰來碰去的是些金領，像戚岳陽一樣的金領，不過我倒是挺欣賞他們工作起來認眞專注的勁頭。

我對季伯納說：「男士最動人的時刻是在努力工作時。」

「女人需要的不止是這些。」季伯納說。

我大約猜到了他的隱患，也是從他的外表氣質感受出的，通常在這方面我的第六感很靈。

季伯納的床很柔軟，窗簾厚厚的深色天花板像一幅斑駁的油畫，這裡對我而言很有安全感，我喜歡懷舊喜歡有了年代的物體氛圍。

「女人需要什麼這有什麼關係，你會有合適的女人。」

季伯納淡淡一笑：「我們整天忙著工作，難得有這樣的空閒，今天上午下午都沒有休息時間，嗓子也啞了。」

我笑道：「吸煙害的。」

他說：「不是，主要是工作上面說的話太多，開會、談判等等，這些天全是如此。」

「岳陽的聲帶也是如此。」

「戚岳陽很不錯，你們和諧嗎？」

對他說：「我對岳陽一直能夠產生激情，這就夠了。」

季伯納看看我，許久，說：「我對女人現在沒有激情。」

我笑道：「男人天生應該對工作有激情。」

他笑笑：「你喜歡有事業成就的男人。」

「當然，不努力的人有什麼意思。」

季伯納問我：「妳對性呢？」

「哪方面的性？」

他笑道：「還有哪方面有性？」

我說：「當然是人的自性了。」

「自性？」

「是的，自性又叫智慧，每一個人都具有的，每一種生命平等的智慧。」

「每一種生命？」

我點點頭：「人與動物同樣平等的源泉，就是自性。」

「另外一種性呢？」

「你是說有了身體慾望才有的性，這是後天的。人的自性是先天的。」

季伯納說：「聽上去有些複雜。」

「不複雜，生命源於自性。」

「生命之前呢？」

「生命之前就是智慧、就是自性，有了慾望才有變化，產生生命，產生身體的慾望之性。」

季伯納說：「兩種概念。」

「一個源頭、一個分支。」

「哲學嗎？」

我對他說：「哲學，不如去草原看藍天、唱歌、跳舞。」

「常去草原？」

我笑笑：「我以前居住的小鎮，乘車五個小時就可以到達九寨溝。」

「你懷念那裡的生活？」

「我懷念小鎮的山水。」

他問我：「那裡的人呢？」

「人會學著長大，我忘記了一些記憶。」

季伯納說：「看上去妳很年輕，戚岳陽能夠滿足妳嗎？」

這是私事，我不打算回答。

轉了話頭、我問他：「你這裡有什麼好玩的？」

季伯納點燃一支煙：「如果你不害怕，我們玩通靈遊戲。」

我從手袋裡拿出煙盒，點燃一支煙，季伯納看看煙盒：「挺漂亮的。」

「戚岳陽送的，不常用，銀煙盒摸上去冷冰冰的。」

「你喜歡溫暖的東西，比如一段溫暖的回憶。」

我笑笑：「很少回憶，回憶對現在似乎沒有什麼幫助。」

「心情不是很好，」季伯納看看我。

我想想：「還行。」

他問我：「我們開始玩？」

我說：「好。」

他起身帶我坐到臥房圓桌旁，相對而坐，臺布上印著些油畫，似乎是一位英國婦女的頭像，坐在桌前我就開始有暈忽感，對面的季伯納看上去神秘而且充滿迷人風情。

他看我而且對我說：「看我的眼睛，也讓我看你的眼睛，看深一些，再深一些。」

我們相互對視，屋內燈光昏暗似乎開始搖曳，可是心底裡我在抗拒這樣的感受，它讓我感到極不舒服，這不是我本意想要的東西，身體開始不能自主，季伯納似乎眞的有魔力，神秘而且充滿塵世氣息，他的五官開始在我眼裡顯現成爲極端美麗，再看下去似乎裡面隱藏下流成分。

「你是誰？」我知道我在這樣問他。

「妳是誰？」對面有個聲音在問我。

我想了很久，不能回答。

對面說：「不要猶豫，沒有人介意你是誰。」

我清清楚楚聽見自己說：「我叫曾強！」

我無法動彈，麻木得要命，我回答，我無法自主：「曾強是松松的前夫！」

「爲什麼跟隨她？」

「唉，」我聽見自己歎息一聲。

接下來的對話，我已經完全不記得，只是許久清醒過來，看見自己依舊坐在老式靠椅裡。對面的季伯納吸著煙，靜靜看我。

煙灰缸裡好幾個煙頭，我慢慢活動身體，感覺恢復了。

我也需要一支煙，季伯納遞過打火機，點燃，幾分鐘後身體熱度恢復。

我問他：「我說了什麼？」

屋子裡依舊暗燈搖曳依舊人影斑駁，季伯納許久方說：「他告訴我妳的故事，很多的。」

我在回想剛才，一支煙吸完後，大概知道一些。

季伯納說：「男人或者女人，只是一種形式。」

我對他說：「我知道。」

季伯納說：「所以，不要介意妳擁有過的身體形式。」

我問他：「即使是痛苦的？」

他點點頭，淡淡一笑。

「是誰？告訴你什麼，這樣對我很不公平。」我對他說。

季伯納淡淡一笑：「什麼公平？有公平嗎？」

「我相信有！」

「舉個例子看看？」

「智慧是公平的，人與動物公平地擁有相等完美的智慧。」我告訴他：「這是我存活下去的支撐。」

季伯納說：「想知道妳將會遇見什麼嗎？」

我想想，搖搖頭：「不想知道。」

季伯納淡淡一笑：「有些命運，你逃不掉。」

我看看他，對他漸漸生出厭煩，說不出的厭煩；我是不介意通靈一類的說法，只是不喜歡落在我身上，而且那樣肯定。

我對季伯納說：「我不相信命運。」

季伯納一字一句：「在這個世上，妳就得信。」

我不喜歡他，不喜歡他讓我說曾強的話，那是前夫與我何干。

「他也不相信，後來怎樣？」季伯納說。

我站起來，開始感覺難受：「樓梯在哪裡？」

季伯納說：「我帶妳出去？」

「我自己會走。」掏出手機，我撥了戚岳陽的號碼。

季伯納淡淡一笑：「妳會害了戚岳陽。」

不理會他，電話通了，我對岳陽說：「來接我，我在？」我看看季伯納，季伯納說：「名流花園。」

我對岳陽說：「名流花園。」他讓我亂了方寸，產生對地名的遺忘，他這樣的人不應該做金領，應該改行做通靈師之類。

我向臥室外走，打開臥室木門，整座房子燈光昏暗，下樓，聽見自己的腳步聲。

季伯納從後面跟上來：「我應該送妳到門口，我們與戚岳陽可能會成爲合作夥伴。」

「我對他的事業不感興趣。」

季伯納在後面說：「妳會的，妳會對他的事業感興趣，它們全是妳的。」

我想他的意思是，戚岳陽是我的，他的一切就願意與我分享；後來我知道，這是一句預言，儘管我不相信。

季伯納將我送到花園社區門口，十分鐘後我看見岳陽的賓士，岳陽下車，走過來擁住我：「松松，臉色怎麼這樣不好，哪裡不舒服嗎？」

我對岳陽說：「沒有啊，可能是路燈的緣故。」

岳陽這才與季伯納招呼，我感覺岳陽對季伯納的印象不是很好，這樣讓我感到不安，雖然性情方面我比較任性，可是我不想感覺到岳陽的不舒服，他對我的心以及我的心情很重要。

季伯納並不在乎岳陽心情，他無所謂，車轉彎時我看見他轉身進花園社區。

岳陽沒有說話，一心開車，我感覺很亂，沒有心情。我對岳陽說：「我在季伯納家裡玩通靈遊戲，感覺很差。」

岳陽沒有說話，我知道他不高興，不是因爲我去喝酒去玩，他知道我的性情，我問他：「岳陽，你對他有任何看法是你個人的事，可是我不希望你不開心？」

岳陽說：「沒有什麼。」

我見他眉心微鎖，說：「這樣的表情叫開心嗎？」

「季伯納是個危險的人，」岳陽半天說出一句。

我問岳陽：「因爲通靈的遊戲？」

岳陽說：「不是，因爲他曾經讓兩個女孩子死亡，自殺死亡。」

「他的女朋友？兩個女朋友？我以爲他們自然分手的。」

「也是因爲通靈遊戲，這件事在我們圈子裡大多知道，我們相信現實，不理會他那一套。」

我點點頭：「我是不會相信的。」

岳陽問我：「他對妳說什麼？」

我怎麼肯說，只是對岳陽說：「誰信他胡言亂語。」

岳陽說：「那樣最好。」

我問他：「什麼叫那樣最好，這樣不行，你不相信我，得給我道歉。」

岳陽笑道：「沒有道理吧？」

看見他笑，我就放心了，閉了眼睡覺，他帶我去任何地方也會讓我放心，只是剛才在季伯納別墅那一幕，讓我很難一下子消除難受與斑駁。

車停在岳陽家門外，石頭壘成樸實的院牆，裡面是岳陽的別墅，漂亮古樸的雕花門、大理石地板、優雅的樓梯，房子裡洋溢整個的濃厚三十年代西洋造型，充滿紳士味道。

這些是其次，經歷過衣食不繼的日子，我對環境的要求不是很高，很好笑，有些時候我甚至感覺是否戚岳陽上世欠我太多，這一世這樣來補償我，他對我很好，很快地將我從貧困生活解救出來，雖然我自己也在不斷工作，但是他給予我的總是勝過我創造給自己的。

岳陽對我的女兒很關心，他不是很明顯表露出來，也許更多的是出於男性的自尊，我理解這點。我的女兒小安長得太像曾強了，只是多了很多女孩子的乖巧。

府南河開始滋潤我的一部分心情，讓我感覺放鬆感覺物質上的安全，成都是個很可愛的城市，有府南河、有武候祠、有杜甫草堂，還有很多充滿蜀中文化氣息的地點，岳陽有空我們就會開車去都江堰看水利，在都江堰我對岳陽說：「什麼樣的金領，怎麼樣大的事業也比不上李冰這樣造福千秋萬世老百姓。」

岳陽會笑我：「我們只是商人，不要這樣比較。」

我知道曾強就有過這樣的胸懷，可是他沒有發掘這樣的智慧，沒有這樣心懷蒼生的願力。

漸漸，在成都的日子讓我養成要命的小資眼界，儘管這只是一時，更多的時間我知道自己曾經度過絕大多數人的普通一日三餐，普通的爲生活發愁、爲孩子將來的教育費用、就業情況發愁的日子。

松杉是我的妹妹，她更像一位疼愛女兒的媽媽那樣來對待我，以前的困難日子如果沒有松杉的金錢支援我們一家三口，眞的會過不到月底，沒有松杉的物力支援，至少我與女兒會穿得很市民氣息。

松杉將她在成都空出的房子給我住，她也不願意我完全搬去戚岳陽家裡，我知道她的關懷，是的，岳陽再多錢也是他的，我自己得有自己的事業得獨立，得有頭腦，這樣才能在金領男人眼裡得到眞正的尊重。

我家裡樓上有三間臥室，我給女兒佈置了一間兒童房，裝了各種益智類玩具，小安還是住在爺爺奶奶家，我時常回小縣城去看，給曾強父母買些東西、給女兒拿多一些的生活費，他們不收我會強行留下。我計劃女兒七歲就帶她來成都上小學，現在帶走她曾強父母怎麼過？小安是他們的命根子。

二〇〇三年沒有什麼根本的不同，一切還是那樣。

「岳陽，我在玉林『動機驅使』，找了樓梯處的位置然後給岳陽電話。

岳陽說：「好的，松松」，他那裡事情處理完了就聯繫我。

我約了書商見面，上一本書稿因爲是人文類隨筆，所以市場不大，還在我的經紀人手中流浪。

我喜歡橙子味道的香煙，剛好點燃一支，就看見西索坐在吧台前獨自飲酒。

他是岳陽公司的廣告部經理，到了晚上衣冠華美儀態萬千，我走上前坐在旁邊吧凳上，西索轉過頭看見我：「嗨！」他沖我笑笑。

現在的西索下巴上留了一圈漂亮的鬍鬚，個子高挑、寬肩細腰、四肢修長有力，有四分之一英國血統，他是前幾年在拉薩認識戚岳陽，岳陽去西藏探訪當年救過他的藏胞，在拉薩無意間認識年輕的遊客西索，西索對岳陽一見鍾情，後來應聘到岳陽公司廣告部，有了很多接觸岳陽的機會。

我與西索的恩怨幾乎過去完了，現在更多的當作是朋友，有些談得來的男女朋友。

預感不到達的成分始終存在始料不及，我想自己能夠面對的是岳陽留給我的記憶，甜蜜時分性感時分靜靜吻在一起的那些黎明。

西索是岳陽的愛人，是戚岳陽的男同志，他們也有過很多難忘時刻；西索年齡與我差不多，他將工作與娛樂分得清，將曾經與現在分得清。

「心情好嗎？」我問他。

西索點點頭：「還不錯，總得過些愉快日子，何況工作也順利。」

對西索，我懷有一份抱歉，因爲我搶走了岳陽，從他掌心裡輕輕就拿了過來。

「西索，衣服不錯，」他在晚上總是穿得出乎意料的美，柔弱稍稍冒出眼角那種媚態。

「一個人？」他笑笑；

我點點頭，將唇裡多的半支香煙遞過去，西索接過慢慢吸著：「衣服很漂亮」。

我笑笑，黑色低胸短袖羊毛衫同色長褲，左手腕上一長串各色寶石珠子繞了三圈。這是岳陽送我的寶石，很多年前自己不敢接受，岳陽一直替我珍藏，我回到他身邊，康波的班送他的寶石念珠又回到我的手腕上，這串珠子更多的是代表友誼，生死之交的情誼。

西索伸手撫摸我的臉頰：「松松，眼睛裡面還是憂鬱。」

「我現在很好，眞的，」我對西索笑笑，握住他撫摸在我臉上的手指。

「岳陽那樣愛妳，妳臉上卻看不見被滋潤的顏色，不開心嗎？」

我們端起酒杯輕輕碰碰，「你呢？」我問他。

西索看看我，神色黯淡了兩三秒：「他不愛我，我只能自己生活。」

我們不是那種只擅長做愛的人，同樣的細膩藏在無奈背面，努力生存能夠抓住的不多，除此，身體當成表達方式，西索與岳陽很深很深地纏綿過，只是在這樣的音樂酒色裡，他才肯承認愛過戚岳陽這樣的男人，夜色一去，他變回清醒積極的部門經理，工作出色、靈感萬千。

西索與其他男同志不同，他心裡始終沒有墮落過，愛誰都是一樣的付出，有人站在旁邊問：「松松？」

我轉過臉，是聯繫了見面的書商，伸出手：「你好，老楊」。

他有禮貌地握握：「妳好！」

對西索做個暫別眼色，老楊和我找了位置談事。

見面前電話裡就大概說了他要一本有關 SOHO 一族工作狀態生存狀態之類的書。

我不在乎嘗試很多，事實上自己每天待在家裡打字不也是 SOHO（small office home office 在家辦公）？

老楊說了些自己對這本書的打算，我知道他的意思，更多的我也知道自己該怎麼做，活了這麼大還會沒有定準嗎。

老楊告辭後我也離開了「動機驅使」，西索還在獨自喝酒，開車前打電話給岳陽告訴他不必來了，我回家做些事。

回到家打開電腦上網收集一些資料，無論身處何地只要連上Internet，只要頭腦靈活不懶惰，在家裡同樣可以實現事業目標。美國已有一千萬人實現在家遠端辦公，其他國家也呈現增多趨勢。

我尋找一些網站，與在家辦公有關的，正在連接，手機響了：

「松松，現在回家了嗎？」

「回家了，過來嗎？」我問他，我還是習慣每天住在自己家裡。

「好的，我這裡忙完了，很快過來。」

「好，」一面答應一面看電腦，關上手機，我找到了幾個相關網站。

岳陽將車停在樓下車庫，後來我給了他我家的鑰匙，每次他還是會敲門，起身去爲他開門，接過他的公事包放在沙發上，客廳燈亮著，我的書房在樓上。

「在忙什麼？」岳陽問我，他身上有一點點酒氣。

「喝酒了？」我問他。

「喝了一點，妳吃晚餐了嗎？」岳陽摟摟我的肩。
「沒有，想喝杯牛奶。」
岳陽說：「我去給妳拿，喝什麼？安嬰還是盒裝？」
想想：「安嬰吧，岳陽，我剛剛接了本小說，現在找些資料。」我向樓上走，岳陽換了拖鞋去廚房。
岳陽將一杯熱騰騰的安嬰牛奶端上來遞給我，接過來慢慢喝一口，岳陽臉色看上去不錯，他的精神狀態一直很好，整天地忙工作，他的生活就是不停工作與體驗生活，我喜歡這樣的男人，喜歡爲事業奔波的男人，喜歡事業有成的男人，可能是曾強留給我的陰影太多，害怕了那些付出卻沒有收穫的勞動。
「岳陽，你累嗎？」
「不累，你看我，身體多好，」岳陽笑笑。
「也許因爲我是女人，所以我不會用一生來積累財富，有了一些錢我就會計劃著怎樣將它用出去。」
岳陽笑笑：「計劃去什麼地方玩嗎？這樣，這周末我們去山裡住兩天？」
岳陽的一些朋友也喜歡周末去附近的青城山或者峨嵋山住兩天，換換心情吸收天地山川靈氣。有時岳陽開車有時我獨自開車去，蜀山，愈是到達峨嵋那樣的峰頂，愈是不能用美來形容，山川的生命活靈活現出來。

喝完牛奶：「岳陽，周末再說吧，不要提前給我希望。」

「怪我毀約太多了？」岳陽摸摸我的手。

我笑笑，下樓去洗杯子放好，屋子裡很靜，是我希望的那種放鬆空間，淨水順著玻璃流瀉。

岳陽饒有興致看我的電腦，走過去手撫著他的背部，岳陽讓開一點，我坐下繼續工作，岳陽握住我的長髮：「今天累嗎？」

「不累，下午去買了些書，晚上與書商老楊談了些小說的事，現在剛剛開始工作。」，我看著螢幕，感岳陽的手心開始很溫柔撫摸我的頸我的臉。

忍不住笑了，岳陽是個旺盛的中年人，有些時間我會感到招架不住忍受不了；搖搖頭：「岳陽，去洗澡吧，早點休息，你每天這樣忙不休息好怎麼行。」

「看你，又在拒絕我，」，他低頭貼在我臉上，埋怨我拒絕他的性感。岳陽脫掉西服之後才是我慾念裡最深的人，我不會拒絕慾念，不會讓掌中的興奮感溜開，沈悶已經散開存在而且一直瀰漫，興奮可以讓自己最大限度提升生存樂趣，還求什麼。咕嚕咕嚕地沈淪裡面看見自己並不美麗並不失落，做愛的人是美麗的嗎，失落成了藉口。

轉過身輕貼他的臉，我喜歡這樣從耳鬢斯摩開始，喜歡含住他的耳垂。

「不要工作了，陪我嘛，」岳陽溫順搖動我的身體。

「好了，」拿他沒辦法，起身拉他去臥室，拿了睡衣遞到他懷裡。

我是堅持不與他同浴，以前也沒有與那個男人同浴過；

我又分神了。

岳陽洗完澡穿了睡衣走進書房：「松松，去洗澡吧，我看書等妳，然後我們聊聊天」。

離開我的懷抱，岳陽會變過來，變成那個叔叔樣的中年男士，隔了距離就不再膩我，條理清晰說話體貼。

樓上浴室充滿芬芳，我喜歡青草味道，不是古龍水噴出來的，是岳陽身體裡皮膚間散發出來，我聞得見，可是他自己不知道，有一次私下問過西索，他也說岳陽有這樣的氣味。這事不敢對岳陽講，事實上西索已經成了我爲數不多的男性朋友之一。

現在我養成了撫摸自己的習慣，手指息心去感覺就會有不一樣的撫觸，能夠逐漸讓自己安定在自身給予的溫柔中，有些時間坐在電腦前，不自覺就撫摸自己那些露出來的皮膚，只是我一直沒有自慰的習慣。不需要這樣，因爲不能忍受的是自慰不過是性而已，過後還得面對無助孤獨。

洗完澡換上月白色睡袍，岳陽已經泡好了兩杯茶放在書桌上。

他坐在木椅上，我走過去坐在岳陽身上吻他的脖子，岳陽身上有青草香，深深吻著可以使人入神出殼。

岳陽說：「妳這樣坐，我們還能聊天嗎？」

「真的想聊天？那好？」我準備起身；

「我不會放妳走，」岳陽笑笑。

「那就不聊天了」，我說。

輕巧換了姿勢正對著岳陽貼住他坐著，兩、三秒岳陽就頂住我的小腹，我們除了睡袍就是身體，我坐在他身上，岳陽結實雙臂不停地幫著我運動，因爲身體不是很佳的關係，我的體力削弱了些，他不會這樣輕易到達盡興，乾脆站起來抱住我，鬍鬚不停折磨我的乳房，我被他頂上去，頂在牆上、頂在門上，一直頂進臥室，梳粧檯上、床沿上，感岳陽每一次會將我折騰地厲害，直到我的臉色從嫣紅變成蒼白，他才肯放手。

不知道睡袍掉在什麼地方了，在雪白被子下面開始聊天，海闊天空沒完沒了，岳陽說話不會很快說出他的感受，他會想一想，慢幾秒再說，我覺得很好，喜歡這樣溫溫柔柔私下對我說話的語氣。

睡著前朦朦朧朧的好像大手掌又握住了乳房，是誰的手，那個人溫柔、那個人粗暴撫摸揉捏過，睡著了永遠不會夢見的人好像是叫什麼？

清晨陽光先從我們睡的這間臥房進來透過窗簾斜在一角牆面斜。

我聽了岳陽的建議每天清晨飲用美贊臣安嬰奶粉，近期岳陽公司在競標一塊土地，恰好妹妹松杉也在做那塊地的業務。

美女局長曉韻的劉部長在爲戚岳陽做些局面上的介紹工作，吃一餐昂貴的飯、說幾句有關係的話。這期間我去過一次，戚岳陽特意宴請曉韻局長與劉部長，曉韻局長說原本調在市政府，後來自己感覺還是在某局比較適合自己。

松杉買了辦公室做些代理之類的工作，很努力頭腦也不錯，應該屬於自己創業年輕女金領的一員，有車、有房，只是感情方面也會遇見很多金領男人，同樣的情節。

現代社會，聰明美麗有一身彈性工作本領的年輕女人，大多不會喜歡上低學歷、低收入、低情調的男人。這個無可厚非，她們之所以拼命學習各種潮流資訊，學習現代社會優雅生存需要的一切頭腦本事，無非是希望自己能夠多一些的把握情感、把握命運。

感情，有時候讓人覺得它的變化也是走在時代潮流，時常要跟隨它的步調，安排自己生活，可是大多數情況下我們從這樣的感情裡面只是會得到傷痕累累的記憶。所以，收起一部分感情，多投入一部分工作激情，對於要想適當掌握自身的女性來說是很有必要的警世良言。

我給一份雜誌寫過關於金領男人的文章，這是一個生活狀態部落群體，雖然分散在各個不同的城市，但是因爲創業與發展的生活過程的社會特點，金領成爲一種事業狀態的稱呼。

但並不是所有資金到達一定數目的男士就是眞正意義上的金領男人，高學歷、高收入，還應該融入高理解。成功人士對世界的理解一定有獨到的深度，否則他就不會把握世界動態脈搏，抓住市場變換從而呼風喚雨。

金領男人大多數「愛無力」，他們對於自己生活圈子以外的女人有一定防備心理，加之自身對事業的濃烈追求，所以對於愛情，他們不是無力追求就是無力全心投入。

男人同樣是一種奇怪的動物，有著動物本質的情慾觀，也有傳統意義的情愛觀，他們要賢淑女人、也要嫵媚冶豔女人氣質，既要廚房、也要臥房。女人對他們是用來欣賞的、也是用來交融的，可是對於金領男人來說，情愛對於他們，有「硬傷」情結。

金領男人，希望自己的女伴有一定相當的學歷一定相當的理解力，既要支援他的事業，也要能夠成爲自己事業上的夥伴，總之，金領男人相對於白領男人更容易讓女孩子覺得「蠻難搞定」的。

不過，既然是煙火男人，就會有他的弱點、他的死穴。所以，如果你有相當的自信以及工作能力，就不要害怕，勇敢面對金領男人。男人有時候非常孩子氣，可並不表示你就得無條件一而再、再而三地遷就，金領男人在這方面自制能力要強多了。他們知道不能很好控制自己的男人就不能很好控制自己的事業、不能很好掌握自己需要的市場。

所以說金領男人有很多可愛之處，他們有自制力，有勇氣面向一切挑戰，有能力保護自己的家庭，提供給自己子女足夠的受教育條件，教導自己子女努力學習一切生存所需的知識與動手能力，這些不但是金領男人對自己愛情、家庭的奉獻，同時也是一筆很大的社會貢獻。

男人對於事物的理解就如他們對於食物的理解，有理性、也有感性的，金領男人對於愛情的觀點上，感性的成分少一些、理性的成分多一些。他們沒有很多時間花在排名事業生存之後的愛情上，所以在很多女人看來，這樣的金領也有他的可悲之處。

不能很好的全身心享受人間美妙愛情，不能將時間大膽花在自己心儀女人身上；除了對事業發展中可能會遇到的世界金融風向而擔心，他們還害怕感情上的「死神之吻」。如果遇到的女人不是眞正喜歡他本身，如果女友會在事業低谷離開他，如果女友不能在今後的歲月中伴隨自己心智成熟而成熟，那麼，金領男人會在年歲適當的時候找一位喜歡自己的、自己父母也能接受的女人結婚。

他們對於愛情，如鏡中花水裡月，如一片蘭德爾氛圍的香水。可以有實力隨時讓它飄散在自己身旁，但是始終有握不住的淡淡憂傷。

一旦眞正融入金領男人的生活，隨著時間過去，什麼狀態的生活也會名正言順地成爲一種生活，就如乞丐、就如失業漢、就如妓女、就如失學兒童。

我對於岳陽的事業，總覺得是別人生意上的事，沒有多大興趣，現在我對手上自己的工作感興趣。

擁有一身有應變的工作本領勝過擁有一個好男人，這是我的一種觀點，愛上人也會有受傷害的極大可能，倒不如多工作然後選擇自己喜歡的，可以與他談話可以與他做愛、可以與他網戀、可以與他網交，我有感岳陽不停滿足我的身體，但是有個地方開了很大的空洞，滿足不了，不是錢、不是愛，也許是一些有關記憶、有關疼痛、有關生命的東西，飄起來又砸在人心上，重到沒有質感，好像活著一場現實得不得了、死了又沒法證明，拿不出那個時刻的一分來說明。

西索愛岳陽，愛得太過火所以燒掉了愛本身，同性戀沒有什麼錯，至少我沒有任何偏見，就像面對貪官與強盜，全他媽的該死。很幽隱的，似乎誰留了遺憾憤窒在我手指尖能夠觸及到，不能完全自覺，就會時表現一些出來，鬱悶一場或者是罵粗話，這些不能讓我自己掌握，我以爲我是自己的，實際上不是這樣，被一些責任、一些歡喜、一些悲傷牽著手從樓臺這方到那方。

對於書商老楊的那本 SOHO，爲了寫得更加實際些，我在 Internet 找了家更大些的網站看看招募網頁，上海有些公司招募在家工作人員，依次看過去有家電腦公司招募文案，條件待遇還在其次，重要是這份 WORK HOME 不太麻煩，不會影響我的日常寫作，在商業寫作的同時我還是堅持了自己順手的人文小說。

岳陽起床刷牙洗臉刮鬍鬚，我在廚房爲他準備我這裡拿的出來的可口食物作爲早餐，冰箱裡面沒有什麼，一盒牛奶、幾片麵包，幾盒德芙巧克力，岳陽通常不吃那些「吃著玩」的食物，我給他端去牛奶，還需要的就回公司讓秘書代勞。

接過牛奶，先吻吻我再喝下去，岳陽三餐胃口都不錯，動物那樣地拼搏與進食。

出門前岳陽叮囑我要吃早餐要多吃一些糧食類食物，然後吻我吻到自己快激動了方才鬆手，我笑他：「繼續呀，岳陽。」

他看看手錶：「留著，連帶利息，一起還給我。」

在樓梯上看著他下去，回到屋內窗臺前向下看，岳陽發動車、車窗外對我揮揮手笑笑、我回到屋內，喝牛奶吃些麵包巧克力然後開始工作。

發了封應聘電子郵件給上海那家電腦公司，寄了些很簡單的簡歷，一個上午快過去了，工作眞好，有事做就不會胡思亂想，還有錢賺。

外婆老愛說種什麼得什麼，我不知道自己在種什麼，也不知道自己會得到什麼。

外婆年紀大了，松杉請了褓姆照顧外婆，隔了好些時間沒去看外婆了，關電腦、換衣服、拿了皮包、關門，下樓去車庫。

恰巧爸媽外婆全在家，媽媽看了我的衣服就埋怨：「還是這個顏色，你換換行不行？」

「是嗎。」支吾過去。

沒有過多理會媽媽，我去外婆身邊，老外婆坐在沙發裡，黑底暗色花紋上衣，黑長褲，紅色棉拖鞋，她笑眯眯地說我還是那樣瘦，年輕人不要只顧著減肥好看，身體不好怎麼帶好小安。

我的女兒小安，像他父親那樣漂亮的五官，小安身上沒有多少我的特徵，我對小安的教育不會很嚴，不會如當初小女孩的我，事實上小安的性格除了一些遺傳，大部分還是她自己的，也許她自己隨著年歲閱歷會找到適合自己的表現存在方式。

小安上學前班了，還有幾個月面臨在哪裡上一年級的問題，我還是猶豫，媽媽說：「孩子讀書關係到一輩子的事，妳不要意氣用事，接到成都上學哪點不好？大家全有空又不是很缺錢，找一所好學校好好接受教育對她一輩子有益，我們做外婆、外爺的，也只能在這些方面盡心了。」

「我知道了，」事實上關於小安我希望與曾強爸媽談談，我做不到將小安忽然在他們沒有準備的心裡下帶走。

想想，對媽媽說：「小安上學的事我會與小安爺爺、奶奶商量。」

媽媽說：「有什麼好商量的？孩子在那裡上學好還不是顯而易見的？」

沒有再說什麼，我知道該怎麼做。

茶几上很多水果，拿了些慢慢吃著，一直在一旁安靜看報紙的爸爸要我留下來吃午飯，他起身去廚房看看該買些什麼菜。

我不明白我媽媽為何還會與我談論我的婚事，似乎我就應該天經地義地再披一次婚紗，午餐時她說：「如果有人追你，你不妨考慮考慮，總不能獨身過下半輩子？」

對她說：「我知道」。

「說什麼都知道，還是讓我們操心。」

不願意再去理會她，換了筷子給外婆夾素菜；我爸爸也說：「那個戚先生，其實也不錯。」

媽媽看看我：「也許我們與他是有些誤會，但是這個也不能怪誰，當時的社會現象是擺在那裡的，我們所做的一切還不是為了你。」

我們很難得提起岳陽，曾強死後，我辭職來成都生活，岳陽幫我安排好了一切，爸媽知道這些，沒有說什麼，松杉認為我應該換一種生活方式。

媽媽問我：「人生大事，還是應該早些決定。」

「有事可做，才是人生大事，你沒看見報紙天天說就業有多難？」爸爸對媽媽說。

「我這裡不是就事論事嘛，我說的是大女兒的幸福問題。」

爸爸對媽媽說：「我看松松挺好，有事業心、生活上有人關懷，人生不能要求太多，至於家庭方面也不要刻意追求，很多事情要講求緣分。」

我低頭吃飯，不願回答；媽媽又說了些松杉的事，松杉有了男友，在西航工作也許今年會結婚。

「是嗎？那我要去電話聯繫松杉問問這件事，那個男孩子怎麼樣？」我問爸媽。

「還不錯，個子高高的人也挺聰明，正在讀研究所。」媽媽恢復了興致。

「可惜我還沒有見過，下一次他來家吃飯記得給我電話，我要看看是什麼樣的男孩子能夠陪伴松杉一輩子。」我對爸媽再囑咐：「一定通知我，記得哦？」

爸爸點點頭：「不會忘的。」

吃過午飯我去洗碗收拾，褓姆拉著外婆去社區樓下花園散散步，爸媽等著我似乎還有什麼話要說，我害怕與他們談心什麼的，就說約了人還有事，過幾天再回來。拿了皮包下樓去花園，扶著外婆走了幾圈，然後找了雕花長木椅坐下曬太陽；陪外婆說說話，外婆倦了要上樓休息，看著褓姆扶上去了我才走開。

開了車從另外一條道回去，經過高高的辦公室，岳陽公司就在上面，我不喜歡上班時間去他公司，繞過去準備回家工作，我看見岳陽的車開出去，開車的是西索，他公司漂亮英俊的那個混血經理，兩個人有說有笑。

第一次撞見他們做愛我就很懊悔，那是別人的私事爲什麼會讓我知道，即使無意間知道我也深感抱歉。

西索迷戀岳陽的男人氣魄，岳陽穿上西服看上去睿智有禮，不會讓人將他與單純的雄威之類聯繫上，他不忌煙酒，在食物方面喜好生猛、粗纖維蔬菜、鮮果汁、沙拉，對於糖類很少觸及，至於運動方面，皮夾裡好幾張高尚俱樂部的會員金卡，眞正去的時候不多，不過他在床上的功夫夠厲害，那種有氧運動讓他小腹一直保持結實，肩臂有力、腿部肌肉緊密。岳陽脫去衣服足可以做健美類的人體模特兒，雄心勃勃的體格細膩溫存的淺笑，隨時可以爆發的體溫。

岳陽給了我他家的鑰匙，戚伯母住樓上一方，岳陽的臥室在另一方；整個臥室裝修與別墅風格一致，高雅懷舊名貴。

事先岳陽不知道我在他家裡，傍晚我去市區別墅，褓姆陪同戚伯母散步去了，我在客房看書看累了合眼睡覺，直至半夜自己方才醒來，那天手機上午是關了一直忘了開，岳陽也因此沒有聯繫上我，那是幾年前我辭職後去成都還不太久，獨自住在中央花園松杉以前買的房子裡；多數時間自己在家裡寫作，有時與岳陽外出有時去他家裡；沒有早九晚五制約感覺很舒適。

還記得那天晚上醒後，口渴了去樓下廚房拿飲料，下樓時聽見岳陽臥室傳出很低的笑聲，親熱密切。我沒有打算去窺視，實在不關我的事，岳陽與我是成年人，有自己生活與感情空間，不應該越界的敏感區我向來會主動避開。

繼續下樓拿了小盒果汁一面飲著上樓，準備拿了皮包悄悄離開，不要擾人美夢。上樓梯我的腳步很輕，最糟糕的是岳陽的臥室門被身影輕輕撞開，赤裸的西索與岳陽緊緊親吻，西索白白的裸體纏在岳陽健康銅色肌膚上，雙手纏住岳陽粗粗的肩，岳陽背對著我靠在臥室門上，雙手環繞混血西索，腰間兩人貼得緊密無間，我沒有衝動、沒有嫉妒，只是希望不要影響他們，西索吻著岳陽抬眼間看見我；

就當做沒有看見，轉了視線繼續喝果汁、繼續上樓，西索停住行動，岳陽轉身看見了我；燈光開始輕輕透過他們分開一些的身體，散開成很多角度。

我繼續進了客房打包準備離開，心是空的，沒有悲哀、沒有牽繞；岳陽已經穿好了白襯衣長褲，赤著腳，襯衣還沒來得及扣上扣子，推開客房門，頭髮有些亂，眼睛裡面很迷茫，我沒有，相信自己的鎮靜，對恃幾分鐘之後，岳陽說：「松松，我的愛與痛濃度一樣。」

「所以你安慰受傷的西索，既選擇我，也不肯放棄他？」我問他；

「松松，妳不能理解我嗎？」

「我理解，我理解任何一種表達方式。」

「我與西索已經很久沒有做了，我們說好了分手，爲了等到妳，我很矛盾，害怕失去、害怕孤獨，妳知道我每天也有自己的工作壓力，也有生存煩惱，我不能讓自己接受其他女性，除了妳，松松，你是我心裡的唯一。」

「他也是你的唯一男同志？我不在乎，你不要做任何解釋。」

「我知道妳會在乎，」岳陽走上來，他身體上面跌落塵土那樣細微男伴的氣味。

我不習慣讓自己同時接受兩個人的味道，向後退退。

岳陽敏感到了，停住腳步：「我現在拉妳的手也不可以了嗎？」

「我對你對你們的感情沒有偏見，」有些黯然：「現在我只想出去走走。」

「松松，你要去哪裡？不要丟下我，沒有你我會更寂寞。」岳陽終於走上來拉著我的手。

「你不會寂寞的，」輕輕鬆開手心，我拿著自己的皮包。

我抱歉影響了他的快樂，我申明自己對性愛本身沒有偏見，西索也穿好了襯衣長褲走了過來，兩個人赤腳站在雪白地毯上，那樣般配的一對，我成了多餘的女人。

樓下古老法式掛鐘滴答滴答，慾念催促時間，沒有溜開放在那些地點作爲某些曾經有過的，擁有是過去的方式，現在只是不停在成爲過去，皮膚老化，老得沒有精力面對自己，去天堂還是隨著情慾跌落都市。

情慾增加積習、增加墮落藉口，重重秘密味覺森林。叫了計程車，想去個熱鬧些的地方，體味不同味覺，停在玉林一帶「動機驅使」，音樂很不錯，找了角落坐下點了酒，兩杯之後有人過來坐在我旁邊。轉過頭去看見戚岳陽，換了休閒衣衫，頭髮濕漉漉的，身上透出清新味道。

「松松，」岳陽替我倒上酒，叫招待再拿一個杯子一瓶紅酒；「我陪妳好好喝杯酒，」岳陽給自己倒上：「我想妳會在這裡，松松，你有懷舊情節，喜歡上一個地方就會常來。喜歡上一個人就不容易忘記，我說對了嗎？」

那些起初沒有的難過現在催發出來，一點點蒸騰。

岳陽伸出手臂摟住我的肩：「恨我也好、對我沒有感覺了也好，我先陪妳喝兩杯，其他的什麼也不想，什麼也不重要，現在我在妳身邊最重要。」

岳陽將酒杯端至我唇邊，我仰頭喝下；

當初我與曾強的一切你幾乎打聽地很清楚，你出現在我感覺非常壓抑的日子，我沒有拒絕你是因爲我一直是個相信自己感覺的人，我與曾強因爲現實生活的壓抑沒有和諧相通的感覺；可是你與西索，我不希望影響你們，因爲曾經有過的婚姻日子到現在我還是對猜忌、對不能坦誠很有恐懼，寧願放開也不願意跌落進去。

岳陽問我：「怎麼不說話了？」

還是曾強留給我的後遺症，能夠不開口的就不開口，想想就行了。

岳陽斟酒：「不說話也行，我陪妳喝，我們慢慢喝。」

「沒有什麼，」我對岳陽說：「我們喝酒。」

岳陽想想：「松松，既然喝酒我們不如換個地方，這裡太吵不適合慢慢喝。」

結果我們去了酒樓，十一層餐廳的一個單間，點了酒菜，慢慢聽他說話，基本上我寧願做許多相關事物的聽眾。

「那年，你的爸媽不能接受我，我很難過，眞的是難過，你也許不知道那個時期妳對我有多重要，」岳陽按按心口：「這裡疼。」

我替他斟滿酒，岳陽說：「從此我不能再接受任何一個女孩子，幾年後我遇見西索，我們很談得來而且一見如故，我對他講過我與妳的故事，他是那種很有細膩心思的男子，外在平靜內裡倔強，不願多說話默默努力完成自己工作，而且能夠完成得很優秀，在很多方面，其實妳與西索很相像。」

岳陽疼我歸疼我，他也是疼愛自己的，知道怎樣滿足自己慾望，他愛我也愛漂亮西索，我不能作出抉擇。事實上，我很懶，懶得去花很多細胞在這上面，學會了用工作驅趕貧瘠、驅趕寂寞，好工作、好收入可以帶來很多尋歡作樂的機會，而且總能夠有談得來、分得開的一夜情人。

「我知道該怎麼樣給你一個解釋，」岳陽說：「松松，我會去對西索解釋清楚，今天晚上？」

我怕解釋：「岳陽，今天的事情過去了。」

我們隔著一些東西，即使親密也沒有滲透；慢慢對他的瞭解也許剛剛開始，他會去安撫男伴也會即時陪在我身邊。情感不可能忠誠存在，是一些緣分不斷湧現、不斷完結，這樣對自己解釋也許會好些。

「在想什麼？」岳陽問我。

端起酒杯：「沒有，我們喝酒，什麼事也會隨時間變得不重要。」

「不會的，」岳陽安慰我：「松松，我會疼你，給我一些時間，好嗎？」

沒有回答，我認為這些不重要，岳陽忽遠忽近，真的瞭解也許才開始，人會隨著時間環境變化。

「岳陽，我也知道該怎麼辦，我們給彼此時間，」對他笑笑。

岳陽覺得很安慰，拉著我要我坐在他腿上；

搖搖頭：「不必了吧，我想喝完這些酒再回去做些事，今天的計劃還沒有完成。」

岳陽說：「工作眞的可以驅趕寂寞嗎？」

我問他：「你每天精力如此好地投入工作，是爲了什麼？」

他笑笑：「因爲責任感、信念，還有熱情。」

這就是我最喜歡的岳陽，談到工作他的眼神也會變，之所以不願意搬去他家也就是爲了遠一點距離欣賞這種美感。一旦朝夕相處，我不敢保證自己會不厭煩。

似乎也沒怎麼樣事情就過了，何必去逼著人家表白愛不愛我，實在沒有這個必要，成熟的人不表態，我與岳陽經歷了很多，更無需說明，事情慢慢過去，我們愛得很熱、愛得很遠，遠至不能傷害對方的距離。

晚上我仍然回到自己家裡，做了些自己的工作凌晨時分洗了澡睡覺，至於岳陽，沒有心思去瞭解，床很寬很柔軟。

次日上午，還沒有起床岳陽打來電話：「松松，在幹什麼呢？」

「還在床上。」

「今天我會去重慶出差，晚上回來我們一起晚餐好嗎？」

「好，」我掛掉電話。

接下來的一天散步寫作聽音樂，傍晚時分，電話響了號碼陌生，接了才知道是西索打來的，他希望與我談談，事實上我對他不反感，他提議去吃海鮮。

在天天漁港，西索訂了位置，在大廳等我，相互打了招呼，我沒有什麼芥蒂，西索看上去神色有些黯淡。

一個小包廂，關上門很安靜，恰巧我們穿了相同顏色的衣服，黑色，從頭髮直至鞋面。

相對而坐，酒菜不斷上來，默默看招待忙完輕輕帶上門。

「其實，我也不習慣不專一的感情。」西索對我說。

「沒有什麼關係，我不介意，真不介意，」對他笑笑。

他看看我，露出一絲淺笑：「岳陽說妳是個不錯的女人，只不過他自己沒有信心。」

「岳陽會沒有信心？這是我第一次聽說。」

「只是對妳，他沒有信心，他對我說很多時候，他不能眞正感覺到妳的想法。」

「他不需要知道我的想法，我們是兩個人。」

「他希望能夠知道。」

我笑笑：「你們什麼都談。」

「基本上，當然我不會介入他的工作，」西索笑笑。

「他是個什麼樣的人？」

他說：「他是個好男人。」

「就因爲他愛你？」

西索說：「別人的評價不重要，岳陽活得積極，這些是我缺少過的。」

我問他：「今天找我來就是爲了說這些？」

「不全是，」他笑笑。

「讓我放棄他？」

「妳會嗎？妳肯，他也不肯。」

「我不在乎。」

「他會在乎，我也會，」西索說：「我跟了他幾年，不是說忘記就可以忘記。」

「我能夠忘記，」我對西索說：「我相信緣分，好的緣分、不好的緣分，該你的，總是會去經歷，就像我的前夫對我，過去了就過了，正在經歷的也只能面對。」

他看看我：「似乎有道理。」

「本來就是這個道理，我相信。」

「現在我該怎麼辦？他去找妳我知道，他要與妳舊情復燃，我也知道，我沒有辦法，他是很堅持的人。」西索對我說。

「你就這樣留不住他？你應該比我有更多的機會。」

「他的心在妳那裡，我們始終不能曝光，甚至他不願意帶我去同志俱樂部，他在意自己的形象。」

「你這幾年是這樣過的？」我問西索。

「能有什麼更好的辦法？我愛他，願意這樣無數次遷就他。」

「以前也許我會遷就，現在我不會了，我希望過讓自己沒有心疼的日子，放棄岳陽是最好的選擇，這樣我的日子才能恢復平靜，心才不會整日墮入慾火裡。」

「不墮入這樣的慾火你還是會墮入其他的慾火，」西索淡淡一笑。

我知道他說的很有道理，世界本來就是從愛慾裡面產生。

西索想想，對我說：「他是自己的，讓他選擇，好嗎？」

我對他說：「不用選擇，我沒有任何興趣介入你們，但是岳陽在我心裡是個好男人，我尊重他的一切行爲，我有自己的空間，也不希望再與你談論這些。」

站起來我說：「我想離開；」

「我對妳沒有惡意；」

「我知道，但是你讓我嫉妒了；」

我問西索：「是嗎？我們可是不同類型的人，我對你沒有敵意。」

「也沒有好感？」西索睨著眼看看我，然後笑笑：「說不定我們會成爲朋友。」

「是嗎？」我專注幾分看他，燈光下國色天香、直鼻美目，自然有一種儀態，大方不落俗套的美。

西索說：「我受過高等教育，也知道自己在喜歡什麼樣的人，愛上岳陽是宿命，我掙脫不了岳陽不經意流露的任何男人味道，更不能拒絕岳陽私下的性感。」

「這是你的私事，」我準備向外走。

「等等，」西索叫住我：「說不定我們可以成爲朋友，世界很寂寞。」

看看他，西索站起來接著說：「我們也是因爲緣分相識的，對嗎？」他向我伸出手；我伸過手：「好，成爲朋友。」

西索進一步問道：「什麼樣的朋友？」他飛了媚眼過來，然後笑道：「別介意，開玩笑的。」

對他開始有了好感，因爲他拿出本色對我；我的朋友不多，我是願意本色度日的。

「西索，你很漂亮，」對他稱讚道，這是實話。

「謝謝！」西索伸出雙臂，我們很友好擁抱一下。

「我們坐下好好享受美味，」我提議。

「好！」西索笑笑，露出一些雪白的牙齒。

生魚味道很好，正放芥末時，手機響了，我拿出來，對西索說：「是岳陽的。」

西索用手按按心口，做了個心疼的表情，我笑笑，開始接電話。

岳陽問我在幹什麼，說他再過半個小時就回成都了；我說正在吃晚餐而且是與一位漂亮朋友，岳陽問是誰，我沒有回答，結束通話。

西索看著我，很認眞地說：「你就這樣對他？我可是百依百順的。他出差很辛苦的，對他好一點嘛。」

「是嗎？那好，我讓他來這裡接我，」拿出手機撥給岳陽，告訴他我在天天漁港，第九號包廂間。

西索說：「我得離開。」

「為什麼離開？我不介意，你也不應該介意。」

西索心情開始有些不好：「岳陽會介意，他的年齡以及經歷與我們不同，我們能夠接受的，他不一定會，這樣的新歡舊愛碰面，他覺得尷尬會生氣的。」

「生氣也是我惹的，不關你的事，」我對西索說。

西索苦笑一下：「他在乎妳，你們可以曝光，我就不能。」

「我很抱歉，沒有想到這一層，」我對他說。

「妳是個聰明的女人，能夠用這樣的方法解決問題，」他對我說。

我沒有刻意做什麼，事情是這樣發展的，西索站起來：「我該走了，再見。」

我站起來：「也許我們都會有離開誰、得到誰、又再次離開的時刻，西索，我尊重岳陽的選擇，也尊重自己的選擇，還有你的。」

「聽上去很複雜，」他皺皺眉頭。

「再複雜的事物也會隨時間風化，我們只是過客，得不到什麼永久的東西。」

「可是對我，瞬間也會成爲永恒！」西索打開門穿過外面大廳離開，夜色裡的蝶。

我再次坐下來倒滿酒杯，喝完了再倒滿；

岳陽來時我已經有了醉意，推開門就感覺到他的風塵僕僕，恍惚間又是那個幾年前來到我家看我的人。

人是不同的，即使是同一個人在同一的時段，也會呈現不同的側面給不同的人，何況人體的細胞更新，不斷更新，幾年後的自己與幾年前的自己，在身體上面已是完全換了體膚，只是記憶依舊，DNA依舊沿著自己的特色發展。

我對著岳陽笑，他走過來說：「妳喝過量了，松松。」

「是嗎?那好，我們回家，帶我回家，」家讓我開始疼。

岳陽扶我起來：「好，回家。」

推開他：「不用這樣，我能走得很穩。」站好了看著岳陽：「你看，我說過我行的。」

岳陽不再說什麼，我們出門，他去買單，招待說九號包廂西索先生已經買過了。

岳陽回過頭看看我，沒說什麼，默默前走，我在後面，車停在外面，我們沒有說話上了車坐在他旁邊，睡意襲來，眼睛就有些睜不開，恍惚間一雙大手替我扣好安全帶。

我醒來，車停在郊區，打開車窗，感覺清新。

「妳喝多了，松松，你不應該與西索在一起，」岳陽手指夾著香煙。

「岳陽，怎麼這樣愁眉不展，你不應該這樣，你總是胸有成竹，穩妥可靠。」

「我知道西索的事，讓妳難過，」岳陽慢慢說：「我也有自己的苦衷。」

「昨天晚上不願意完全告訴我的苦衷？」我肯定是喝得有些過量，不然不會這樣越界問話。

岳陽掐滅煙頭：「？」

我俯身上去吻住他嘴唇，不聽什麼苦衷，活著就是苦衷，沒有比這個更有說服力的。

岳陽的舌頭伸過來輕易就提起我的慾望，伸出一隻手關上車窗、開始脫岳陽身上莊重的行頭，西服外套、西背襯衫，再伸手去拉開褲鏈一面向後座移動身體，岳陽舌尖溫度開始火熱，我的手指尖滑過他堅挺的小乳頭，我不讓他脫去我的衣服，壓迫著讓他躺在後座上。

「妳喝醉了好可怕，」岳陽喃喃讚揚，我的高跟鞋丟掉一隻，已不知在車內那個角落，另一隻還剩一點掛在腳尖，乾脆甩掉它，無拘無束抵住前座椅背，岳陽龐大的生殖器完全被我吞噬在體內不留一點，我的衣服保持完整，長褲靜靜等在座椅上，戚岳陽伸出雙手要侵入衣衫捉住我的乳房，揮開他的手按住他肩膀，厚厚結實。

「你會讓男人著迷，」我停停，對他說：「我要認真試試看你到底能讓我有多著迷；這次我不許你動，讓我自己在你身上找感覺，如果找不到我需要的感覺，我就放棄你，你回到西索身邊，他對你的好勝過我對你的好。」

岳陽嘆著氣問我：「你們今晚到底談了些什麼？」

我搖搖頭不願說，繼續運動我的腰部、臀部，岳陽開始發出很低很低很迷人的呻吟，他的裸體真棒，視覺上增加了不少性動力，他輕抬臀部配合，做愛的氣息散開，冥想的百合開始焚燒，不再是愛一個人而做的愛，純粹是愛慾做愛的慾望，子宮開始傳輸一直到頭髮絲，我的體力畢竟有限，不會讓他這樣盡興，戚岳陽終於不耐煩很快撕開我的外衣，反過來將我按在後座上，緊緊騎上我的軀體，車身不停運動，聽不清他在細說什麼，頭髮上的汗珠滴落在我的乳房上，我累了，幾乎有昏過去的恐懼，如果我這樣死去了他還會這樣堅持做完嗎？

我覺得好笑，這樣去問他，岳陽說：「傻女孩，我不會讓妳死的，我要妳一直陪我做愛。」下身開始疼痛，對他說我不行了，快下來，戚岳陽乖乖地膩著我再給他一些時間，靈魂快出殼的一瞬，戚岳陽終於停下，伸展全身肌肉仰頭向後。

找出濕紙巾粗粗的手指細心替我整理清潔：「累了吧？」他問我。不止是累，更多一些是疼，疼像夜色瀰散心內找不到邊際、靠不了岸，慾望牽涉人體一直墮落、一直墮落，可是我只是感覺到快感，那些使我墮落的東西藏在情色背面。

我們穿衣服、做愛之前的話題又浮上來，我對他說：「我和西索會成爲好朋友，他很愛你，我有一些愛你，這是我與他友誼的出發點。」

「爲什麼只是有一點愛我？」岳陽問我，他穿好襯衫坐在前座點燃香煙。

「愛一個人會疼，我怕疼。」

「我不會讓妳疼，松松，給我一點時間，我會與西索講清楚，」岳陽對我說：「而且，妳疼我也疼。」

「不要傷害西索，他更愛你，」我對他笑笑。

「我需要眞正適合自己的生活方式，我與西索達不到這樣的需求，可以在妳這裡我幾乎可以得到我許久夢想的溫馨感覺，家的感覺。」

我伸伸懶腰：「什麼也不願想了，我想簡單一些，」我上去摟住岳陽肩膀：「簡簡單單喜歡你，簡簡單單與你做愛，就行了。」

岳陽說：「這是以前我沒有見過的一面。」

我笑笑，而且心開始疼：「新近發現的。」

他沒有再說話，默默吸完煙，發動車，送我回到樓下，沒有動沒有說話，沈默了很久，他說：「我們都別疼了，好嗎？」

夜已經很深了，想到西索的話，我對岳陽說：「今天晚上在我這裡住，你累了吧，好好睡，明天還要上班。」

岳陽深深吸口氣，對我笑笑，外面路燈照過來的一些昏暗，我覺得自己看見了他的皺紋與疲倦。

也許西索說的沒錯，我的確不會關心人、不會疼岳陽，每天忙自己的事，常常是他來遷就我、取悅我、替我安排，我應該學著轉變一些懶惰，不會學著疼愛自己情人的懶惰，即使緣分說不清什麼時間就完了，我也應該給他多一些的溫柔。

我拉著岳陽的手上樓，讓他先洗澡先睡在床上，然後自己再洗澡，換了睡衣，躺在他身旁，我們沒有說話，靜靜聽著彼此靜夜呼吸，岳陽一隻手拉著我的一隻手，一直沒有放開，我們不能觸及的地方仍然很多。

他很好處理了自己的感情糾葛，安撫了男友，告別了與西索的戀情，我們努力在給彼此眞心，當然是那些看得見的眞心；人的心是很散漫的，跌落在很多地方。

過了些日子，似乎有燕子飛過夢裡的痕跡，唯一尋找的還剩有純眞，學著愛是退著在走的路。

再過了些日子，我去找西索，開始有些想念那個男子。

西索在市區買了公寓，我電話告訴他會去看看他，他說你來吧，我正在聽音樂。好像一切並沒有發生，我們坐在地毯上聽些英文歌，那些檸檬樹、天堂裡的又一天；當我年輕時常聽收音機，等待心愛的歌曲，聽到播放時便隨聲歌唱，這使我歡暢。西索告訴我他開始懷念少年時光、倫敦地鐵、玫瑰、有樹木的幽谷、霧氣瀰漫的很多清晨。

「我的外祖母是中國人，我來中國是爲了觀光，可是我消失了，Where have all the husbands gone?」

我接著下一句：「Long time ago.」

西索看著我，我們相對而笑；

「妳現在讓我感到愉快，」西索笑道。

「你也是，同樣讓我感到愉快，」我也笑笑。

西索想想：「儘管有很大的空間，能夠眞正快樂的時間不多，我時常感到一些壓抑，空氣也會變得沈重，就像我們的身體是一種錯誤，在這裡生活也是一種錯誤，你知道我們的環境不是很好，而且可以說是很糟糕，污染、沙漠侵襲，不停的煤礦坍塌；」

「是誰的錯，」我對他說：「還能有誰更加有體會。」

「最底層的老百姓，」他說：「是最底層的老百姓。」

「我是這樣生活過來的，」我對西索說：「你看我，習以爲常。」

西索看看我。

對他說：「我也很關心環保、關心新聞、還有一些底層生活，我能做什麼，除了很小面額的一些捐款，」我握住西索一隻手：「我已經麻木了，現在除了自己的工作自己賺錢，還有就是做愛，我生活最重要的程式之一。」

西索想想，消沈地說：「做愛可以使人麻木。」

我對他笑笑：「對，身體可以感受到快感，這樣比心靈受折騰要好得多。」

他笑笑。

我繼續說：「在我前夫過世之前，你想像不到我們過的是什麼樣的日子；」

「我想聽聽，」西索對我說。

我笑笑：「當時我們的住房很窄、很舊，臥室的窗簾是用一塊帶塑膠纖維的大包裝袋改作的，客廳一面牆上有根裸露的電線，我先生就買了幅廉價的世界地圖釘了釘子掛上，遮蓋住電線，那時我先生拿不到工資，退伍幾年了，他還是喜歡用部隊的軍綠色瓷杯喝水，他懷念在北京度過的四年軍旅生涯，我想那可能是他成年以來最快樂的四年。」

西索問我：「你們結婚後，他過得不快樂？爲什麼，妳是這樣迷人。」

「生活對我們來講很現實，我們要計劃明天，計劃小孩的將來的學費，我試著提醒他自己出來創業，雖然開始會很艱苦，他說他不相信情況會一直這樣，他不相信上級部門會不管他們生活的最低保障，是的，他去世之前還有近一年的工資沒有拿到，」我對西索笑笑：「即使有，他也不一定領得到。」

「單位效益很差嗎？」這是西索第一次聽我這樣講。

「不差，剛好相反，他們的效益在小鎮上應該能夠毫不費力保證幾位職工收入，但是，他媽的腐敗！」我有一股悶氣不停向外冒：「他們單位按規定收到現款先上繳主管部門，然後按照比率分撥回一部分作爲曾強他們的工資、獎金等等；那一年，曾強他們單位一位元領導將收到的現金挪爲己用，給鄉民開空頭支票，很大一筆錢，後來那位領導調職去了另一個部門，繼續風光生活，在小鎮修房建樓，鎮頭一幢、鎮尾一幢；我的先生卻每一天騎了舊摩托風塵僕僕趕去上班，一年到頭拿不到幾個月工資，不夠汽油錢，我們還有孩子，我們的縣城還要在負債累累的情況下搬遷，幾年前財政向每一位職工「借」的錢還是一張支票放在那裡，沒有人關心我們的死活，沒有人關心我們是否能夠度過下半年，沒有人關心。」

西索遞給我一張紙巾，我擦擦淚：「我先生的死解救了我，也解救了我的女兒，讓我回到岳陽身邊，我可以自己掙錢，但是岳陽給了我安全感，是以前曾強給不了我的；曾強不是個壞男人，他很悲劇。」

「岳陽愛妳，妳會得到幸福，」西索對我說。

不置可否笑笑，我眞正想要的不是西索指的幸福。

西索過來輕輕吻吻我的臉頰，我們繼續聽音樂，周末的傍晚就著樣度過，後來我們談到我的女兒小安，我給他看皮夾裡小安的照片。

「她很漂亮！」

「她像她的爸爸，」我對西索笑笑。

「她的爸爸也很漂亮？」西索對我的前夫產生好奇。

對他沒有任何防備，我們都是愛岳陽的人，在某些方面必定會相通。

「那些似乎完全過去了，我會選擇更好的生活方式。」

西索說：「是的，這樣的女孩最可愛。」

「現在不喜歡掉眼淚，喜歡能夠隨心所欲做事，」我笑笑：「比如做我喜歡的工作。」

談到工作，西索帶我去他的工作間，是另一間小一些的臥室作成的私人美術室，裡面掛了好些西索的國畫作品。

「我不知道你的國畫原來這樣有意境，」我一向是寄情山水的，我告訴他：「很小的時候我的理想是可以到處去畫畫，我的媽媽說這樣不行，養不活自己。」

「術業有專攻，也許你的天才在另一方面，媽媽說的也許很有眼光，」西索笑笑：「就像岳陽，他天生適合在商界發展，他的睿智敏感就是爲了發展準備的。」

我告訴他：「岳陽也吃過不少苦頭。」

「這個岳陽沒有對我講過。」

「有些東西不一定要說出來，需要用心去體會，就像妳是他的心那樣。」

我們互相看看，笑笑；我說：「我們不再是情敵了嗎？」

「松松，妳讓我想笑，很多本來讓我氣惱的事遇見了妳，結果似乎成了喜劇。」

看完畫，我們接著喝了些酒，沖淡了憂傷與歡喜。

「歡喜與憂傷就像我在桑耶寺看見的星空，群星無語，但是你能夠完全讀懂，」西索開始回憶在西藏看見的智慧。

智慧無處不在，就像愚蠢；就像獵犬、像英俊的男孩、像府南河、像那些風裡冰冷的落葉，智慧就像死亡，像曾強、像戚岳陽的裸體。

那些說過的憂鬱與希望同樣存在，我們的身體表達一部分取決或者是多一些的智慧，或者是不滿於人世間的體感，身體捨棄不了智慧，可以在秋天看見蝶舞，看見落葉從樓臺間穿越，看見我恰巧是個小女孩，還盼望晚餐桌上的紅蘋果；盼望我的新郎，說些唱些田間留在葉子上的露珠，留在唇齒間我們吻過的夢魘。催動人的行囊靈魂沒有家園，沒有看見我在等待，生生世世留在世間的遺骸旁的靈。世界如此讓人傷心，被我的女孩、我的男孩穿過時間，少年是一種過渡時期的美，我還聽得見有人說，也許就是這樣過完一生，而這一世之後呢？

回頭看不見自己的腳印，生來是茫茫的來舞動的蝶，死後成爲泥裡化不開的愚蠢的結，沒有誰讓你留住什麼，只是說在你手心從來就沒有離去；

沒有試著離開什麼，我以為自己掙脫不了命運，聽見收音機裡老歌，唱歌的人留了些昏黃、散失在汽車裡標牌下旅館走廊櫃子的酒瓶裡。少女時期的艱澀，讓我現在享受寬裕、享受性愛、享受城市密集空氣污濁。

現在西索與我說說笑笑，有時講些自己的煩惱給對方聽，即使三人不期而遇，也能自然打打招呼；岳陽是那樣成熟成功的男士，西索每天在他手下工作會不會舊情復燃我不會去追究，別的女人怎樣圍繞岳陽我也不會去花時間想，至多一閃而過。情場總是充滿機會與誘惑，不分年齡、不分性別、不分地點，我只是選擇自己舒服的方式，自己不彆扭的體態。

岳陽很愛我就像我愛他那樣，這就夠了，何必非得結婚，非得日日住在一起面面相對；人的心可以裝下想得到的所有，我們只是將身體捆綁在愛上面，其他的各自生命裡面的，還有遠比愛情多得多的，我是個離不開陽光、青草，還有戀愛的女人，有一個人囚禁過我又解放了我，吃過這些苦頭，品嘗過這些滋味之後，我發現工作更加能代替婚姻安慰自己。

面對商業時代，商業變化與面對情場變化沒有什麼不同，不過心態問題，在一方面失望，也許在另一方面比較適合自己，只是面對更大更大的市場，我喜歡不斷尋找工作機會與表達智力的機會，這樣就有一種快感，尋求的快慰，不斷獲得一些成績不斷獲得一些新的工作經驗，除了日常寫作，我還找了些寫作之外的兼職。

屋子很大，就像世界，就像風、就像星空，還有網路生存，是的，我已經能夠運用網路選擇我希望的物質生存。

一個人在家辦公，房子裡面充滿自己的氣息，充滿想像的雲層，手指是現實的，思想是多數的，積極面對工作，我只能這樣，不能讓自己過多停滯下來，我怕會胡思亂想。

以前學過心理學，什麼樣的心態是正常的人生表現？沒有絕對的正確答案；寫累了做累了，捧著杯子喝水休息、照鏡子看自己容顏、脫掉衣服看自己裸露、用手指尖撫摸自己皮膚，感覺得到迷夢樣的溫柔，我愛惜自己，愛惜身體感覺，愛惜身體需要，情愛是情愛，性愛是性愛，分得很清楚，沒有人再強迫追問我什麼，我很自由很放鬆，身體放在工作上，放在岳陽那裡，放在女兒那裡，放在我喜歡追逐快感的方式裡。

西索開著岳陽黑色的賓士，岳陽坐在旁邊，我的白色本田在後面隔些距離，這樣下意識跟了一段我停了車，停在路邊。

自己在幹什麼呢？好笑！掉轉車頭回家。車停在車庫拿，出手機給岳陽打個電話，出於女人的嫉妒、看見了才產生的嫉妒，過了一、兩年了還是會有不適應。

「松松，妳好嗎？」岳陽接了電話說。

我沒話可說，一種概念飄得再高一點，看自己在幹什麼，岳陽，我能這樣對待他嗎？

「松松？」岳陽問。

「岳陽，你好嗎？」我說。

「我很好，我正開車去見一位客戶談事。」岳陽笑道。

「一個人嗎？」我問得很好笑。

岳陽不假思索：「是啊，是我一人。」

「那好，我們再聯繫吧。」我關掉電話。

不能這樣，不能這樣依賴著一份感情過日子，想法提醒自己，有依賴就會有期待，就會有失望與不滿足，就會有傷心與疼，這些嘗過的味道不必再重來一次。

還是去工作，工作能填補空虛。

上次寄去的應聘 Mail 有了回覆，上海那家電腦公司老總決定聘用我做 Copy

Writer，當然是WORK HOME型的，我注意到他的簽名是「平海」。平海，好遙遠的記憶，似乎中學時期同班足球隊的主力也叫平海；很有意思，我知道自己臉上有了很自然的微笑，開始做平海先生給的第一份文案。

反正是文字整合，很快完成了平海先生的指示，時間也過去了，漸漸到了傍晚，發出郵件後就開始對著電腦發楞，幹什麼？岳陽呢，幹什麼騙我，他與西索幹什麼去了，深深吸吸氣吸吸氣，房子裡就我一人，風從另一個房間飄過來，飄出窗簾一角向外面，有人在發動車有人在吃飯。有人沒有挨過揍，更多更多的女孩多麼幸運沒有被強姦過。

南方航空報一位編輯給我寄來樣刊，希望我寫一位金領的生活。岳陽是我最瞭解的金領，寫他既快又熟，寫他的一切日常習慣，喜歡什麼牌子的香煙、喜歡什麼味道的香水與女人，開什麼車，是否能夠保持工作中的旺盛精力回到家庭生活裡，他對於自己事業的把持度。

岳陽出差的時間也多，去很多地方與合作方談判，大客戶來成都他會陪著去觀賞景點，有時我也會同去，岳陽做生意聰明也狠，用別人的錢進行再投入生產以及利潤的再次分配，有些數字出來得讓人心寒，曾強那樣一輩子的努力，也抵不過他的一兩項滾動調度。

我不知道他掙那麼多錢幹什麼，每天照常準時上班、談判、處理很多事務，錢多了就麻木了，不記得錢還有什麼用處。

他與那一些事業相當的朋友，只能用賺錢機器來形容，他們也享受高級會員，那些不過是人工的；岳陽陪我外出心，甘情願做我的車夫，做我的提款機，他認爲這樣是一種幸福與一定程度上的成就感，有香車美人、有別墅、有很多的銀行密碼。

他去看一些地皮，我就在附近高級賓館等他，我去吹風、去觀賞自然，他辦完事再來帶我去吃飯，晚上我們泡溫泉、聽音樂、做愛；相處很和諧也能夠產生愉快，只是這樣的日子有些輕飄飄的，沈淪於愛慾患得患失。當我知道自己嫉妒了他的男友，懷疑他與男友舊情復燃，另一種意識裡，我知道自己掉進焰火裡，騰騰地在燒。

一直以來積極治療自己忘記那晚，沒有笨重醜陋壓在小女孩身上、沒有日本兵出現在電視上、沒有燒虜虐、沒有鬼哭狼嚎。

只是拿了皮夾放在牛仔褲袋裡，換了緊身黑色上衣出門叫了計程車。

去了玉林一帶的酒吧，避開了圈裡人多的那幾家，找了間不是很鬧騰的；喝了些酒，開始想一個人又不確定，百分之八十是戚岳陽吧，沒有帶手機，可是我眞的是想他了，四處看看，借了鄰座的手機撥了岳陽的號碼，電話通了，沒等岳陽開口我說：「岳陽你來找我好不好，我在……」我問鄰座：「這是什麼地方？」鄰座男孩說好像叫「二十四」。

我對電話說：「二十四，玉林。」關掉電話還給男孩，他笑笑：「給男朋友打的？」

點點頭，我說：「是老情人。」

現在我可以找好多的情人，第三者、第四者、一夜情的什麼都行，可是沒有意思，我只是想握著捧著一件就行，又分神了，不可能的一種臆想，反感自己脆弱到想結婚為止。

接著喝酒，等待岳陽來接我回家，是有人來接我了，不過不是岳陽，是西索，年輕漂亮的男人，有款有型、聰明能幹。

岳陽一直沒有正式對我提過結婚的事，也許他對自己沒有信心，也許是我的心態讓他覺得一直不是時候。

「岳陽呢？為什麼是你？」我問他，一定是喝得過了些，管不住自己，才這樣冒犯別人的隱私，定定神對他說：「對不起，我不是有意的。」

西索什麼也沒說要扶著我帶我離開，我對他笑笑：「謝謝，我想坐坐。」

西索走過來抱起我向外走：「妳知不知道自己喝了多少？」

他還是開岳陽的車來接我。極力讓自己平靜，只有冷靜才能減少疼痛，西索將車開至岳陽家門外，岳陽已經等在路燈下，西索停好車，岳陽走過來打開車門抱出我，逕直將我抱進他飄忽的家。

頭疼的時候我就只想吃一片止痛劑然後睡一覺。以前家裡常備有止痛劑，有人不讓我多吃，說會上癮，一片怎麼會上癮？只是有病才吃嘛，好笑。

清晨醒來頭不疼了，腦子也靈活了，自己睡在岳陽床上，身上一件睡衣也沒有，戚岳陽站在床頭。

「你，幹什麼這樣看我？」對他笑笑。

半天，岳陽才說：「口渴嗎？」

我點點頭：「有點。」

「我去給你倒杯水，」他說完轉身出去。

覺得他很奇怪，少了些柔情蜜意，一向我們兩人單獨相處他會黏我的。

岳陽將水送到我手上，我接過，他坐在房間沙發裡看我喝水。喝完一杯水，我找到一些答案，對自己的答案；即使沒有戚岳陽這個人，即使他不再愛我，我也不可以失魂落魄，學會獨自守住心。

只要能守住心，我就能過日子，就能堅持到年老，我身上沒有衣服，情人沒有微笑，裸體就不能再對他展現。握住空杯子，再次睡回被子裡，遮住眼睛、遮住臉，等他上班離開，我再走。

聽見戚岳陽關門聲，隱隱聽見戚岳陽發車，然後我從被子裡出來，找到自己昨夜的衣服穿好了下樓，經過鏡子旁，看見自己平靜正常，我很滿意。

走出戚岳陽家名貴木門，看見他的車停在門口並沒有開走，車裡是空的；也沒有令自己覺得奇怪，繼續走路，後面有人拉住我的一隻手，即使不轉身單憑感覺我知道是他。

「岳陽，沒去上班嗎？我以爲……？」我對他笑了笑，知道極不自然。

「你以爲你這樣可以代表並不需要我？」岳陽說。

「我做錯了嗎？」我問他。

岳陽拉我進屋，拉我上樓，拉我進臥室，靜靜關上臥室門。他的眼睛看上去很疲倦似乎一夜未眠。

「怎麼了?」再次問他;

岳陽放開我的手獨自坐在沙發裡，雙手放在腹部很沈靜看著床沿，沒有看我。

我走過去坐在旁邊另一張小沙發裡，同樣沒有心思說話。屋裡靜靜悄悄;岳陽衣袋裡手機響了，他拿出來沒有接，關了機。

我沒有力量說話，不知道怎麼了，也不願意知道，不是過去了嗎?

岳陽終於開口說:「松松，妳願意結婚嗎?」

爲什麼說妳願意結婚，而不是妳願意與我結婚嗎?我想想，如實回答:「岳陽，我不想再結婚。」

他問我:「爲什麼呢?」

「不爲什麼。」

「現在妳有什麼話也不願意對我講了。」岳陽低低歎口氣。

看著地板，我有很多話只是對自己講，這樣方能減少孤獨，有些孤獨並不是由人多人少決定的，它存在，一直就存在，有的人開心，有的人不開心所以看見它多一些。

「岳陽，我不會講話，一直就不擅長講話。」如果要表達，我寧願與心愛的人做出來，這樣更直接，說出來的話怎麼樣別人聽了與你原本的意思也會有出入。

岳陽轉過身問我：「妳愛我嗎？」

感到很委屈：「岳陽，你不應該這樣問，我以爲我們之間不需要問這樣的傻話」。

岳陽點點頭：「那好。」

我看著他，等待他繼續說。

岳陽說：「昨天你明明看見我與西索坐在同一輛車裡，你跟著我們開了一段路，你知道嗎，我很欣慰，這表示你在乎我；其實我在後鏡裡看見了你開的車，我想知道一些答案，所以沒有讓西索停下來與你打招呼。

我一直等妳來電話問我，看看我有沒有老老實實回答，就像老婆責問老公那樣，我在等妳電話。後來妳打來電話，我有意撒謊，想知道妳的反應，看妳有多在乎我，妳還是那樣一句『我們再聯繫』，我怎麼聯繫妳？我不知道妳心裡在想什麼，妳不在乎我；

後來妳打電話要我去，西索說他希望看見我們能有好的結局，他願意幫著我看看妳在想什麼，我承認自己每一天都這樣忙，能夠陪妳的時間也不多，松松，妳是個好女孩、好女人，妳知道男人不可能缺少事業，我努力工作，除了最基本的生存，還有就是希望有個完美的家，有太太、有自己的小孩，能供給他們更加豐富一些的物質生活。除了妳，這些年我沒有愛過別的女人。

至於西索，那是很久以前的事，現在妳也知道我們很坦誠相待，他在我公司上班，工作業績很不錯，也安心工作，我不能因爲私人的因素失去這樣優秀的經理人才；松松，我們都是成熟人，不能總是留在過去。

昨夜西索送妳回來，他告訴我妳醉了在叫一個人的名字；我不知道妳喝了多少，妳的衣服是妳自己脫的，然後妳還幫我脫了衣服，這些喝醉的人不見得在醒後還會記得，夜裡妳抱著我做了多少次愛，強行的叫我一次次要妳，那樣倔強堅持，是我以前完全沒有見過的一面，這是妳愛一個人的表現，可是妳不知道是我，妳累極了叫的不是我，叫的是——」

「岳陽！」我尖叫著制止他說出那個人的名字；

岳陽沒有理會，語氣變得那樣重：「妳和我做愛，卻叫一個死人的名字！」

北京

松松捂住嘴眼淚開始向下掉，曾強死期愈長對他的記憶愈加沈在低層，沈下去的是此時間沒有沖刷走的，雖然不再眞實到可以用手指尖觸及，但那是生命的一種緣分，對女人來講，不可能忘乾淨，忘得眞正解脫的緣分，特別的是，曾強不是一個壞人，他愛家、愛女兒、愛松松，

熱愛工作，堅持信念，思想保守傳統，他沒有錯，是松松與他的婚姻有錯，是曾強對世界的信任犯了錯，松松原諒他了，冷冷淡淡地開始忘記他，一直在避免想到他。

慼岳陽沒能與松松結婚，直到現在兩個人也沒有結婚，似乎沒有必要，只要能夠相守又何必需要婚姻，不愉快的婚姻即使相守又有意義嗎。相守也需要修來的緣分。

松松對岳陽說：「我叫了他的名字？」

岳陽點點頭：「妳心裡還想他或者還在懷念他，我應該可以理解；妳將他藏得比我還深、比我還濃，我這裡，」他捂住心口：「痛！」

松松那裡也開始痛，她的痛勝過岳陽的痛，是雙份的疼；

「松松，妳來成都幾年了？」岳陽問松松。

松松想想，這段時間正好與她上一段婚姻的時間相同，她對岳陽說：「時間能說明什麼？」

岳陽沒再說話，看著松松，他在等她的解釋，她沒有解釋，從小她就因爲內向以

及害羞就沒有養成解釋的習慣。

早晨還是將風送進來吹得脖子發冷，人是寂寞的，終其一生孤獨地來孤獨地去，身體貼得再近也不能消除寂寞，愈愛愈會受傷害。

她不知道怎麼解釋，理性抽離了身體遊蕩在外，默默起身、默默離開，彎得極漂亮的扶梯、大理石的地板、水晶花瓶、織錦緞窗簾、鑲著大翅膀的眞皮沙發、黃銅雕塑的裸體少女，戚岳陽的家就如他本人的品味，懷舊不張揚的高格調，他要的女人外在以及智慧上必定要配得上自己，而且還要有感覺，能夠讓自己疼愛到生命某個地方的感覺。

松松離開，他竟然沒有阻止，他覺得痛，痛得沒有力氣；快四十五歲的金領男人，儘管外面有很多的愛情等著他挑選，很多女人甘心等著他挑逗。

女人走了，他的衣櫃裡還掛著她四季的衣服，抽屜第一層裡放著一些她的鉑金項鍊、鑲鑽耳環、鑲藍寶石的手鏈，第二層是她的眼鏡 CELINE、BVLGARL、ESCADA、DKNY、CALVIN、BYBLOS，第三層是她各種牌子的內衣鏤花絲綢睡袍，第四層是她的各類襪子手套，整齊劃一排在那裡。

戚岳陽不知如何面對這樣一份感情，作爲男人的他還能表示什麼，他想自己盡心了，而且忠誠在對待她；她就不應該那樣對自己，畢竟兩個人是有感情的，松松爲什麼這麼倔強，堅持一些實際上不太必要的東西。

叫了計程車回到中央花園自己的家，松松洗澡換衣服，然後坐在電腦前，頭腦是空的，沒有想什麼，手指尖不停運動，手指可以替代思考，就如同行爲可以代表內在，工作比感情體貼，工作是每天陪伴她最長的安慰，替她驅走寂寞低落，工作換回來的財務可以買來物質、買來對自己對女兒的生活獎賞，曾強生前不能達到的物質與財務度，現在她透過工作達到了，透過岳陽達到更好更有品味的高度，曾強的一輩子甚至可以用可憐來形容，沒有絲毫放縱自己給妻女買些好看沒用東西的機會，沒有拿錢去俗氣地孝順父母的舉動，他頑固、通俗、不開竅、不轉彎、不……

她停住手指，驚愕自己在想什麼？發現今天根本不能靜下心工作，家裡沒有別的聲音，水龍頭也關得緊緊，屋頂上面什麼也沒有，時間只是無謂的記號；除了生存呼吸就沒有別的意義，這些是曾強留給她的，更多的人還是如當初她們那樣日復一日，那個人最快樂的青春時光留在北京，留在服軍役時期。

是的，北京，相像的眾多城市之一，對她沒有什麼特殊意義；少女時期嚮往山水的習性至今還存在，更遼闊的心態來源更廣闊的自然而非鋼筋水泥叢林，競爭永遠不會平等，弱勢人群底層生活狀態離開她遠了些，觸及上的距離不代表記憶的輕重，那些曾經艱澀的歲月留在心底的痛，漸漸能夠體會點滴當年曾強的心態。

想去北京住，住找一個地方，清晨起來沿著護城河散散步走去頤和園，她想著，就開始行動收拾一些簡單行李，需要的文件寄到自己郵箱，現金、金融卡、身分證、鑰匙、手機，還應該有些什麼？愣了許久卻沒有眞正想起來，算了，關上門下樓。

西航客機上面沒有遇見一個熟面孔，事實上她的朋友少。

對海澱區有種特殊感情是因爲曾強曾在此服役，租金方面她不介意，所以在海澱區找了環境還不錯的房子，是一幢兩層的小樓，在一個小院裡，沿著屋外鐵樓梯上去，她租了樓上一個套間，舊綠色鐵門，木窗戶藍色玻璃，地板有陳年喬木味道，外面常春藤一直到房頂，屋內很暖和，有單獨的臥室，有書架隔開的客廳、衛生間掛著白色窗簾，她喜歡這樣的環境，單人床上被單雪白鬆軟，有電腦可以在家辦公，看來一切都不錯了，可以進行正常工作與生活。

房東叫周舟，北京男子，人高馬大，濃眉俊眼，說話聲調對松松來講有些偏高，他很滿意這樣一位女房客，可以讓房東放心的房客。幾天相處後，他感覺她太喜歡安靜了，夜裡窗戶總是透出燈光，白天不太見到人影，只是清晨周舟上班時看見她散步回來，用眼睛對他笑笑，他也對她笑笑，問她早上好，她說自己去頤和園走了走，風很涼爽。

房子離空軍指揮學院也不遠，慢慢走著半個小時就到頤和園，那天周舟將鑰匙遞到松松手裡時，他說：「看妳的行李不多，可能衣服也沒有帶足，我是指妳應該預備更暖和的外套，四月初早晚還是比較涼的。」松松對他笑笑：「謝謝你，我會的。」

她帶著自己喜歡的那條尼泊爾手工織的厚披肩，有時將它裹在肩上抵禦未褪盡的春寒，廚房冰箱裡裝了很多食物，櫃子裡放著美贊臣安嬰奶粉，一些水果、巧克力之類食品則隨意放在餐桌上，這是她的家，她有這樣隨遇而安的習性。

大多數情況下是在夜裡工作，來之後大約七天，房東周舟敲門：「我想問問妳吃了晚餐沒有？」

「還沒有，現在幾點了？」松松打開門看見黑毛衣牛仔褲男子，留著平頭，高個壯實；他笑笑：「現在是晚上八點三十分。」

松松伸出手：「吃晚餐？」

「對！一起吃晚餐，去我客廳吧！」周舟笑道，他說話的語氣以及神態很似曾強，堅定中帶著絲絲觀察。

「好啊，」松松對他有朋友感，關上門隨他進了隔壁套房；

整個樓上就這兩套房子，松松租了套一廳室，剩下這套三廳室的他獨自住。樓下是別人的房產，沿著屋外樓梯上來，是他的世界。

周舟這套房裡客廳不是很寬，小餐桌上擺了幾盤菜、兩副碗筷，他請松松坐下，自己坐在對面，哈哈笑道：「你別見怪，我是希望與每一位租我房子的客人交個朋友。」

松松笑笑，拿起筷子：「謝謝，看見這麼多菜感覺好餓，我不客氣了。」

「獨自來北京？不過你看起來不像來北京找工作的，」周舟笑道。

松松說：「我是 SOHO 族，在家工作。」

「我就在海澱上班，中關村那邊，」周舟笑道，他看上去開朗豁達。

「IT 業的吧？」松松問他；

周舟點點頭：「是的，現在有個工作就很不錯了。」

松松說：「你的工作很有前途，我現在就爲上海一家電腦公司做些工作。」

周舟看看她：「看不出，眞看不出，我以爲你是那種不需要工作的女人，千萬別誤會，我是說你看上去雅致風韻這樣年輕，像？」

松松忍住笑看著他，看他越解釋越糊塗，其實她懂得他的話，有些男人心很實就是不太會表達，像曾強就是這樣。

周舟笑道：「你看我，越說誤會越多啊，哈哈！我的意思呢，是說你像是做些文字工作的，不會太累，錢也掙得不少那種。」

松松笑道：「你很會猜，而且差不多對了。」

「在家工作，嗯，聽上去很自由，」周舟笑道。

「有一些吧，」松松笑笑。

松松端了米飯慢慢吃，很香。

「吃菜，別客氣！」他招呼道。

「我以前有位朋友在海澱住了幾年，回去後他說自己一直在懷念那段日子，他還說北京夏夜常常灑些小雨。」

「聽他這樣說，北京眞的好像很美，」周舟笑道。

她被這話逗笑了，周舟問他：「這幾天有沒有去什麼地方玩玩？」

她說：「去了植物園。」

「看得出妳是喜歡山水樹木的，」他看看松松。

她笑笑：「小時候就這樣，喜歡貼近自然。」

「小時候我在農村住了幾年，那過的才叫日子，新鮮空氣、一群孩子地裡狂奔打鬧，沒有任何煩惱不用操任何心，」周舟笑道。

「我小時隨家人住在一個小鎮上，鎮子後面有一灣河水，小鎮四面是田，向鎮頭走左轉上兩個坡，就可以看見外公的墳。」

「我外公還健在，」周舟說。

「我媽媽三歲時外公就病逝了，外婆獨自撫養媽媽，後來再帶大我與妹妹。」

「兩姊妹啊。」

「是的，你呢？」松松問他。

「我就這個遺憾，父母只帶了我一個。」

「現在的小孩，是體會不到當時我們那種兩、三個小孩整日在家裡活蹦亂跳的熱鬧。」

周舟點頭笑道：「小孩多的家庭熱鬧溫馨吧？」

松松笑笑，點點頭。

兩個人因為初識，講的話轉向電視新聞、網路新聞，不痛不癢，有禮有節。

飯後幫著收拾了餐桌，周舟堅持自己很快洗好碗，請她看看電視，坐在沙發裡看了會兒電視，周舟收拾好出來，兩人說了幾分鐘話，她告辭回到自己房中。

一張很乾淨的單人床，枕頭大大讓人想睡覺；周舟自己住的那套房子有兩間空著的臥室也在出租，松松因爲習慣了獨居，花了每月兩千多的租金租下隔壁這套單獨的套房，她喜歡窗外的藤蔓、喜歡冰冷的鐵樓梯、喜歡一個人在寬敞屋子裡做夢的感覺。

只有清清冷冷鍵盤聲，松松開始按照上海那家電腦公司老總平海先生的意思，撰寫一份軟體說明書，專業術語不要太濃，而且要充滿環保意識。老實說她對軟體什麼的並不內行，只是喜歡接受自我挑戰，爲那家電腦公司做WORK HOME第一天，她就在電郵裡寫「我們公司」，很快進入工作角色。做事認真是對自己的基本要求，然後再將這段SOHO經歷寫出來賣給書商，是對自己財務的獎勵。事業並非難到什麼地步，她覺得很多大學生對於就業的過度悲觀實在是沒有必要，放得下才能提得起，高高山頂立，深深海底行，一步一步來，每一天不能放逸自己，即使陷入愛情也不能忘記工作，沒準哪天沒了愛情能夠拯救你的就只有工作。

計劃了次日上午沿著護城河散步，所以凌晨兩點關上電腦休息。屋內很溫暖，女人入睡的容顏充滿平靜安然，夢裡見到女兒小安跑過來叫媽媽，媽媽夢裡還有曾強的氣息，只是沒有人影，自從他去世以來就沒有夢見過。

中途醒了一次，慢悠悠的就睜開了眼，似乎窗戶外面有馬車聲，有英俊男孩在說話，還有人在唱加州旅館房多地廣，沒有理會溢出夢外的東西，翻翻身，她再次睡過去。

醒來是上午八點，立即想做的就是找出手機，來北京一個星期了，沒有聯繫過任何人，手機大約放在皮箱小袋裡，找出來打開還好有電，撥了號碼回小縣城，接電話的是曾強的媽媽，聊了一會兒女兒的情況，她的飯量、鬧騰程度、有沒有感冒咳嗽，然後說到今年九月小安上小學的問題，松松沈默了，曾強媽媽聲音又開始嗚咽。後來松松說：「這樣，我現在在北京，過段日子回來，我們坐在一起好好商量小安上學的事，好嗎？」

曾強媽媽說：「好吧，你也要注意身體。」

還有一個人，岳陽，松松這幾天克制住自己過多想念誰，想一個人只會讓自己心疼，她的身體也會想念他沒有說出來的慾念，拿著手機出神，拿著一份情感無法釋放，她知道自己是個需要不停談戀愛的女人，她知道自己需要什麼樣的男人，工作讓身體寂寞，寫作讓心靈苦悶，快樂的日子應該是在有人守護下，有人讀得懂的過程中，愛人不會長久守住一顆心，心會憔悴、會衰老，社會不會讓人停下來安息片刻，還是孤獨，孤獨藏在努力工作、努力生存的背面，藏在感官中，藏在不能得到的安全感之中。

安全不是身體，不是一瓶液體的保鮮期，不瞭解雲層怎麼樣被風吹著跑動，付出努力收穫不到果實，錢途黯淡，人生沒有品質，女人出軌，寶貝失去另一方愛撫，接受的教育千篇一律，我們活著不只是爲了自己，爲更大的慾望，爲滿足不了的計畫，爲坍塌不盡的黑色粉末；貪念男人的身體無休無止索取，擦過肉體感覺亢奮、擦過子宮，男人在最後時分會覺得她那樣讓自己懷有內疚，海水一般湧上直至咽喉，浸淫意念生不是生、死不是死，只有抱著愛人做出來騰空，最後信念跌落到地面，赤著腳、赤著手臂、赤裸身心，床單裹住裹得緊緊。只有做愛的感覺讓她輕鬆，付出激情收穫激情。做愛，是的，爲什麼不做愛呢？找個匹配得上自己的男人做愛多好。

找戚岳陽做愛多好，野馬馳騁不休不止，戚岳陽現在不在身邊，離開他又想念他的狠勁，有電話就好，用電話同樣可以做愛。

一股激情從腳心燒上來，撥了岳陽的號碼，鈴聲響後那邊傳過來聲音：「你終於肯聯繫我了？」

松松看見鏡子裡的自己，看見鏡子裡手機閃爍，電量不足，她說：「岳陽，我想……」

沒有電了，沒有聲音。

激情停滯在自己身體，沒有人接受。

松松坐在床沿握住冰涼的手機，倒在床單上，需要一個有力的人抱住，這樣才能驅散開似乎無際的無助。窗戶外面風吹過來被藍色玻璃輕輕止住，天空大約是灰灰的。

手機開始充電，紅色信號，她穿上溫暖柔和外衣，黑高跟皮鞋聲聲走下鐵皮樓梯，開始沿著護城河散步，兩片樹葉從她背後飄過落在水泥地上，過去留不住，現在留不住，下一刻同樣還會留不住。

下樓梯遇見周舟，正穿外套看樣子是去上班。

「嗨，」他笑笑。

「嗨」她說：「上班去了？」

「今天周末，休息，我出去買點東西，回頭見！」

對他笑道：「回頭見。」

她看見他穿的黑色牛仔褲灰色上裝，腿長而結實臀部渾圓，腰背有力。

她見過的曾強身體又開始恍惚出來，曾強的身體沒有給予她任何激情而溫暖的回憶，但是這樣就過去了，幾年後似乎減輕了重量。

這樣悠緩的速度半個小時到了頤和園，一些莫名的惆悵穿過來，貫穿兩個小時直到她散完步走回租房，房東周舟坐在樓梯上聽MP3，向她點點頭笑笑，她笑笑，這是他家的樓梯不會有人打攪，她坐下來坐在周舟旁邊，他像曾強那樣年輕英俊。

曾強有一張穿軍裝在寒冬昆明湖上的照片，帽沿低壓身材挺拔鼻樑高直，她覺得這樣的照片可以上那些用銅版紙印的暢銷刊物封面。

周舟遞給她一隻耳麥，塞在耳朵裡傳出很美的音樂恩雅的天籟，有些出乎意料他的心思如此細膩，通常她會以爲這樣的男子可能會喜歡搖滾樂之類。

那些好的音樂在她意像中是滾滾不盡的青草地，有生命、有氣息，可以不停追逐、可以隨同落花歸來。

手機電已充足，開機，等著不再寂寞的聲音，冰箱裡有些麵包，餐桌上有一盒德芙巧克力，統統將它們拿出來放在茶几上，將玻璃杯洗洗兌滿安嬰奶粉，坐在墊子上，慢慢喝，慢慢吃，慢慢塡飽胃。

電話鈴響了，打開看見號碼不是戚岳陽的，接了才知道是自己做在家工作的平海先生，她很高興，工作聯繫讓自己不再沈淪寂寞無望。

「松松你好！」平海先生聲音很成熟。

「平海先生你好！」進入工作角色她就變得敏銳清晰，充滿征服欲而且雄心勃勃，儘管這只是份兼職，她還是充滿信心在做。

「我在 E-mail 裡看見你留的電話號碼，這幾天有些事需要與你談談，打了幾次電話，系統說你關機，還好，今天打通了，」平海先生說。

松松暗自責備自己，趕緊坐回電腦桌拿出紙筆：「平海先生，你說吧，重要的我會記下來。」

「那好，我們開始工作，」平海先生通過電話講了一些對她前期工作的肯定，然後他說：「希望妳能成爲我們公司的媒體部經理，當然也是 WORK HOME 型的，妳考慮好嗎？」

松松前段時間給央視一位名主持寫了封「情書」，當然是借用名人名氣說明自己的某些人文觀點，這個可能也是平海先生做出決定的原因之一，機會是大家互給的。

爲什麼不接受，儘管一些寫作已經讓她很忙，但是對於另一種 SOHO 經歷，她仍然希望多多靠近，單純的寫作很苦悶，她的經紀人隔段時間會很詳細詢問她的情緒狀態，因爲他知道寫作的苦悶。松松離開學校專職寫作之後，她能夠通過 Internet 與合作朋友相處很好，但她不肯定如果每日面對面，是否就能如此默契相處。象形環境已經開始讓很多人適應，並且樂意在此度過工作時光。

與平海先生通完工作電話，接著開始寫一份計畫，忙完已經是午後了；她起身去倒杯水，戚岳陽沒有電話來，他不再緊張關心了，松松獨自想著，有些黯淡坐下來，所以她喜歡工作，只有專心工作才會忘記這些情感糾葛。

除非是與戚岳陽同去酒樓進餐或者參加雞尾酒會，一個人時她的生活很簡單，不會爲了三餐將自己陷進去；午後她會睡睡覺，這樣有利於夜間工作思維。正睡得很迷糊時戚岳陽的來電開始將她喚醒，手機放在床頭順手拿過來打開；

「松松，上午怎麼回事，沒說話就關機了？這樣恨我嗎？」岳陽低低地說。

「沒有，上午手機沒電了，」松松奇怪還是這樣的感覺，戚岳陽既像她的叔叔那樣溫和可靠，又是她最想得到的情人。

「妳在哪裡？想了很久我對妳的恨意始終不足，我還是很想妳，回來好嗎？」

「我在北京。」

「在北京？」岳陽沈默了會兒問：「爲什麼是北京？找不到妳、聯繫不上妳，我以爲妳去了稻城、拉薩或者麗江。」

松松又開始沈默不答，每遇見難以回答，或者認爲不必要找個藉口，她就寧願沈默，這一點其實戚岳陽很瞭解。

「準備住多久回來?」岳陽問她。

想了想，她說：「付了半年的房租。」

「那沒關係，重要的是我想妳了，」岳陽對她說：「這兩天我多了幾根白髮。」

「我還是老樣子，」，她暗暗歎口氣。

電話那頭也沈默下來，岳陽說：「松松，我來北京接妳。」

「不要!」松松下意識叫出。

岳陽沒有問，靜靜等在電話那頭；

想了很久，她極力克服自己，試著說：「岳陽，」

「松松，說吧，我在聽」，他說。

她一隻手拿出香煙取出一支點燃：「岳陽，我……」吸上一口好了，神經放鬆些了：「曾強在這一帶住了四年，我想看看自己能不能完全將他當作過去的事物」；

她坐起來一點，床單雪白被子雪白，淡藍色煙灰缸放在床頭，長頭髮披瀉下來。

「岳陽，他真的很可憐，現在我不恨他了，但是心裡反而更加難受，」；

戚岳陽說：「我知道你們以前過得不愉快，過去這麼久了，松松，你應該想開點，你是個明白女孩。」

她點點頭：「他對我不好的隨著他的死亡我能夠忘記、能夠原諒，只是隨著時間，我漸漸能夠體會曾強當初的不幸與可憐，這些東西漸漸壓著我，曾經夫妻一場，曾強像有什麼怨言，在等著我理解他的苦衷，岳陽，有些時候我是敏感的，所以這件事讓我很痛苦，甚至把握不住自己情緒。」

「妳這樣我不放心，」岳陽說。

松松搖搖頭：「岳陽，讓我再想想，想想再告訴你好嗎？」

岳陽想想說：「好的，明白。」

這句話，終於引出松松淚水。

「岳陽，謝謝你，我會給你打電話的，你要注意身體。」松松叮囑總是很忙的岳陽。

「好的，妳也要注意身體，晚上我們再談好嗎？」岳陽知道這個對松松不能過於急問，否則她寧可不說話，她是個獨立努力的女人，這點很讓岳陽欣賞。他這樣的鑽石男人要的就是這樣的，可是讓他心疼的也是這樣的，至於西索，岳陽曾經的男同志，兩個人關係破裂而又能以平常面目相處，這些，松松在裡面起了很奇妙關鍵的作用。

當初戚岳陽在松松婚姻最艱難的時分出現在她面前，其實那也是戚岳陽自己對於同性戀情最矛盾最艱難的時分。

松松不介意同性戀，那不過是身體形式而已。岳陽離開西索，最終選擇用後半生擁抱松松，供給她自己的所有，財富社會地位，她似乎並不介意岳陽這一切，她有雙手有頭腦，用之不盡取之不竭的智慧源泉，事實上她堅信每一種生命都具有這樣的智慧，它是完美的，只是各人對此的見解領會程度不一。

因爲與 ICI 國際兒童基金會的一些學習聯繫，松松聽過 Mr.William Bodri（包卓立先生）的演講，再加之這些年閱歷，她知道自己後半生應該做的工作主要放在哪些重點上，對於某些社會公益事業與相關民族的事件，即使在家工作，她沒有離開過視線，看了關於軍旗裝、關於王選女士的相關資料，有些時候她想，如果曾強還在，如果他見到穿軍旗的也會扔爛水果、砸破銅爛鐵，一定會的。

她很平靜，看新聞看戰爭、寫作、工作、喝水、吃飯、睡覺，每一日太短而一世又太長。

一絲遺憾

夜裡十一點，坐久了站起來活動活動，看見星空，愣住了，想起在九寨溝、在拉薩、在甘肅拉不楞寺看見的星空，很美很美萬籟俱寂群星無語。

披了厚披肩在屋外的鐵樓梯上坐下來，點上一支煙，風從耳朵旁親昵過去。

不知道過了多久，身後有人說：「星空很美。」

轉身看見周舟，他靠著欄杆站著，手中香煙已經燃成灰燼；松松遞過自己的香煙盒，周舟接過走下來坐在松松旁邊，點上一支。

「在想男朋友？」周舟輕聲問她；

她笑笑：「沒有，在想我自己；」

他點點頭；

她說：「我以前有過一段婚姻，」再看看星空，除了身體靈魂應該溶入亙古不變的星空智慧嗎？

這樣的夜晚，女人很美很動人，周舟問他：「離婚了？」

她笑笑：「他死了，」

「對不起」，周舟道歉，聲音低低的；

「沒什麼，」松松對他說：「他以前在北京服過兵役，就在那裡！」她的手指指向空軍指揮學院那方。周舟與曾強大體屬於同一類氣質，這樣的環境這樣近的處於北京，很親切、很複雜，也能讓自己看清究竟怎麼樣能夠忘記曾強留給自己的遺憾，似乎空靈傳過來的沒有說出口的話。

「妳很想他？」周舟問她；

搖搖頭松松說：「是另外一種想，我想他那樣年輕就去世了，一定還有很多事想做、很多話想說，其實我們結婚那幾年過得並不快樂，隨同他的去世我漸漸忘記了當時的艱澀、缺錢少用，我也不再恨他有時對我的粗暴，一切似乎過去了。」

周舟說：「他有什麼遺憾，你們有孩子嗎？」

松松說：「有，我們有個女兒，長得像我過世的的先生，很漂亮。」

周舟想了想：「他過世很久了？」

「好幾年了，」松松說。

「這幾年妳一直一個人過嗎？就像現在這樣？」周舟問她。

松松笑笑：「不是，我不是那種整日活在悲觀裡的女人，我有一位很疼愛我的情人。」

「妳也愛他？」

「是的，我愛他，在我結婚前就愛他，不過那時自己感覺不明顯。」

兩個人坐在樓梯上，時光將曾強帶了些回來，松松很有種講話的衝動隨同夜色瀰漫，她對周舟說：「願意聽我講這個故事嗎？愛情故事。」

周舟看著身旁女人，有他不能拒絕的迷人氛圍，他點點頭。

曾強也是這樣點頭，也是這樣的樸樣，這樣的身強力壯，這樣英俊逼人，松松伸出冷冷的十指捧住周舟臉頰，輕輕吻在他唇上；周舟愣了兩三秒，吻住女人冰冰嘴唇，她知道在吻北京男人，知道在吻曾強，無關愛情、無關月色，只是吻，讓自己講話的前奏。

周舟身上也有淡爽煙草味，她沒有慾念，他有，來自對這個女人的容顏還有她的特立獨行、友好相處，她讓他有種喜愛，有種不願冒犯的情結，事實上他有女朋友，可是世界如此充滿誘惑，不經意的讓一位更讓你著迷的人出現在你視野，出現在你身邊手指可以觸及的範圍。

十分鐘之後，松松臉上恢復了血色，手指尖也開始溫暖，周舟年輕身體的欲念開始消除，被女人傳過來的淡淡哀傷沖淡。

「謝謝你，」松松對周舟說，然後坐正身體；

周舟說：「妳很迷人，謝謝你。」

松松開始給周舟講自己與岳陽與曾強的愛情故事，周舟握住她一隻手，友好專注地聽，女人通常被愛情感動，愛情本身沒有生命，因爲喜愛，因爲緣分，推動它纏繞它，它很冷靜該分手時就走開，該相識時就過來。

周舟問松松：「現在呢？那位戚先生很盼望妳回去吧。」

松松說：「我希望將自己最完整的心給岳陽，這裡面不能含有曾強的影子，只是現在我還感受到曾強留給我的遺憾，沈沈的。」

「什麼遺憾？」周舟問她；

「就業，是就業養家的遺憾，」她說：「曾強從小接受很正統的教育，他相信事物按照正軌發展，他會耐心等待經濟分配，很落後的思想觀念，而且缺乏超越自我的意識。」

「也不能全怪他，他的工作態度很好、很投入，」周舟說。

松松說：「總之，他是個悲劇人物，活了一場，理想還未開始起步，生命就告以終結。」

周舟說：「其實男人不能全以金錢評定成功與否，」

松松看看他，笑笑：「我知道你的意思；以前我們那個小縣城在清理基金會之後，財政非常不景氣，後來又決定搬縣城，沒有錢怎麼搬？好些鎮上一連幾個月發不出工資，曾強就是這樣，從退伍上班之後就一直受到財務困惑，很艱澀；他是個男人，立志好好工作養家的男人，結果連自己也沒法養活，我們一家三口就靠著我那時三、四百元的工資，還好我的妹妹松杉時常補貼我們。

曾強在北京服兵役期間給我寫過一些信，他的字體很流暢、很有風骨，信裡面我看得出他對未來的抱負，只是他不是那種學歷很高、財商很高的男士，他希望在地方工作中能夠發揮自己的能力，他調回鎮上幫助清理基金會的欠款、幫助收款，很能吃苦；」

看看周舟，她再笑道：「我說這些很悶吧！」

周舟很誠懇在聽：「沒有啊，我不覺得悶，相反的，我覺得挺能理解妳的心態，眞的！」

「謝謝，」松松說：「曾強在我們很困難的時期自己再難受也能把持住自己，他有兩位戰友，在其他地方服役，退伍後時常會聚聚，炒兩個菜、喝幾杯知心酒說說話，後來大家結了婚有了孩子，再後來除了曾強，其他兩位下了崗，拿到手的安置費不多，地方財政不景氣不能拿那一點錢做些什麼，錢用完了一家人還要生活，他們走了偏門。能夠怪誰？曾強一直安安份份等待每個月拿錢回家養活孩子與自己，直到他死的那天也是這樣想的，我怪過他，認爲他沒有闖勁不肯出來自己立業，怕吃苦，」

周舟說：「也不能這樣怪他，他的出發點沒有錯，努力工作養家，安心在地方上班，這沒有錯。」

松松歎口氣：「現在我想他當時沒有走偏門，是他高尙的一面，寧願吃苦也不願違心幹事；」

周舟還是握住她的一隻手，溫暖友好，夜深了。

周舟說：「這就是你的心結，一直放不下的，」

松松點點頭：「畢竟夫妻一場，修千年才能共枕。」

周舟問她：「你是愛你過世的先生多些還是愛戚先生多些？」

松松回答：「我一直愛戚岳陽，直到現在一點沒減少，他理解我、疼我、寵我。」

「爲什麼不結婚呢？」周舟說：「別介意，如果我是戚先生一定會向妳求婚。」

松松笑笑：「岳陽如果想結婚，外面有很多女孩等著；也許我們都在等，等自己心態到最合適的時候。」

看看夜色無邊，她覺得好輕鬆，飛到北京的難道就是爲了這樣一個夜晚，對這樣一位朋友說這樣一些話，冥冥中似乎畫出此刻。

「岳陽一直沒有向我求過婚，我也沒有期待過，」；松松笑笑：「結婚對我不重要，也許我更適合一個人生活」；她再笑笑：「但是我需要談戀愛、需要有情人，能夠與自己相通的情人，我不否認慾望；」

周舟在她臉上輕吻一下，她笑笑，樹影婆娑月光靜謐。

「謝謝你，聽我說了這麼多」，她對周舟笑道。

周舟說：「別客氣，每個人都會有些難言之疼，說出來會好些，正面看它看久了，就會看出時光真的已經將它帶地遠遠，永遠不回頭的那樣遠。」

他拿起煙盒遞給她一支，自己含上一支，給她點燃再給自己點燃，兩個人坐著吸煙，青青的煙霧飛繞進滿牆蔓藤，他幫她緊緊披肩、撫摸她一把長髮，對他笑笑，曾強的影子從白日夢裡飄遠，一盒香煙過後，黎明溫柔來臨。

還有什麼存在記憶裡，存在以前換下的冬裝、存在媽媽家櫃子上的糖盒裡，長大了就自己存活在日子裡，寂寞不能讓別人代替，疼痛不能讓別人代替，社會競爭帶給她消除寂寞的方法——工作，在工作中長大、在工作中成熟、在工作中再次感受寂寞。

兩、三天與岳陽通通電話，說些成都的天氣，說些女兒小安，說手上的小說。

妳是女孩子總應該注意身體，岳陽這樣提醒她，他在給她時間與空間，這樣他也能夠拿出一定距離看自己，可是戚岳陽愈加發現自己對松松的依賴，感情上的，以及身體上的，他沒有心力去追逐其他的女人或者另外一份感情，他很忙，忙工作忙發展，忙得停不住腳步，很多事都成功的男人多多少少會遇見這樣的感情尷尬，戚岳陽甚至沒有玩一夜情的雅興，他不相信一夜能幹出感情，他等的感情經過了多少夜。

陰霾天氣，她沒有出門，傍晚坐在屋內看外面灰濛濛的色澤，有人輕輕敲門，打開看見周舟，手裡拿了一大把金黃的非洲菊遞給松松，她接過來：「謝謝，請進。」

她注意到他的鞋子濕透了在地板上留了一串腳印：「先換雙鞋吧，濕透了。」

他低頭看看：「剛才濕的，不知怎麼就踩進了別人水盆裡，就在院子裡。」

她笑他：「走路心不在焉？」

「是啊！」他笑笑：「我先回去換雙鞋，妳等我，我們聊天。」

松松看看他，點點頭：「好，你去換鞋，別感冒了。」

看他去了自己家裡，她想，周舟畢竟不是曾強，夢裡一絲交錯，畢竟是兩個人，那個早已是骨灰一把。

換了平底布鞋灰色休閒衫褲，周舟看上去精神很棒，一隻手拿了一罐啤酒，進屋來遞給松松一罐：「這個，是我喜歡的味道。」

她拉開啤酒罐，仰頭喝下一口，對他笑笑。

他點點頭，自己拉開喝下一大口。

她說：「感覺很輕鬆，謝謝。」

「幹嘛謝呢？是妳自己感覺到的。」

她點點頭，坐下來，坐在沙發上，周舟坐在她旁邊另一張沙發上。

他說：「我去放些音樂。」

她指指電腦桌：「抽屜裡有CD。」

他起身去拉開抽屜，裡面放了大約十張光碟，選了羅德．斯德維沃特的「人類」，老而彌堅滄桑成熟；

他沒有坐回原來的位置，直接地坐在她身邊，他對她說：「知道嗎，妳讓我感到興奮。」

她笑笑：「坐著別動，興奮就會消失。」

他也笑笑，喝些啤酒；茶几上大玻璃杯裡插著剛才的非洲菊，很豔的金黃色。

他看她：「你對什麼樣的男人感興趣？」

「四十歲以上專注事業的金領。」松松坦白告訴他：「我害怕與不成熟的男士交往，」這可能是曾強留給她一輩子的後遺症。

他歎口氣：「剛才我做了件很失敗的事。」

松松靜靜等他說下去。

周舟說：「我與女朋友親熱，她是杭州女孩子，很溫柔的那種，」因爲那夜一吻，拉近了松松與他的距離，這些話說給松松聽，他覺得很正常而且非常合適。

他說：「我竟然想到妳，所以……」

她淺淺笑，並不認爲是稱讚，只是他個人的想法，她沒有表態。

他取下松松手中啤酒罐，隨同自己手上的一併放在茶几上，他停止住剛才那種笑容，有些怔怔地看著她，他知道是什麼正在吸引自己，這個女人身上有一些脆弱到堅強的美感，他不會在乎她的情人。

周舟吻住她，喃喃道：「愛我，或者現在讓我愛妳。」

捧住他的臉，靜靜等他結束第一吻，離開他的臉遠一點，對他說：「你怎麼了？我們不適合一夜情。」

他停下來看她，認眞在想她，許久，說：「那好，不適合一夜情。」

她對他笑笑：「一夜情也會有美好的短暫回憶，但是我不適合，很早我就發現自己不適合，這可能是個心態感覺問題。」

他問她：「還與感覺有關？」

「曾經有人說個人的性喜好全存在遺傳基因中，很多時候人們尋找到的只是適合自己遺傳密碼繼續下去的人、物、動態、味覺，還有接下去的發展，我們自己看上去似乎無能爲力，特別是在遺傳基因面前；但是個人的發展最終影響自己最大的卻是出在思想上，有意思吧？」

周舟有不錯的天分，當然能夠聽得懂，他說：「心裡當然也能轉化爲動力能量，正確地認識帶動正確良性發展，反過來就很糟糕。」

「也許感覺就是這樣影響我的，我自己感覺到只有戚岳陽適合我的感覺，我與他做愛像是一場午後春筍密密麻麻張滿整座山坡，感覺擴張開擴張開，一直到無邊無際，最後他們會回到我這裡，」松松指指自己心口。

他笑笑，對她說：「聽上去妳做愛像文藝片，我的像動作片。」

她笑笑，與周舟相處其實是令人快樂開心的過程，她說：「你可不可以幫我倒杯水？」

周舟上身還緊緊倚在她身上，他笑笑，點點頭起身去松松廚房倒水，端了兩杯出來遞給她一杯，自己仰頭咕咕吞下一大杯。

她說：「謝謝，味道不錯。」

他坐下來，坐回松松身邊，有些距離沒有尷尬，她不介意，問周舟：「說說你的女朋友？」

他說：「她是杭州女孩子，大學畢業後就留在北京發展，我們相處不是很愉快那種，但是我們之間還有吸引力，不過正在減少，我們互相在減少，這個能夠感覺出來。」

她笑笑，專注在聽。

周舟愣愣神：「還是不說了，也許感情眞的要講緣分。」

她說：「是，緣分最大。」

兩個人笑笑，很自然換了話題說到工作，周舟講了些趣事，松松對他說：「我以前在學校上班，作專職學校醫護員外帶上兩個年級的健康教育課，有一年開學上課時我發現學生沒有健康教育課本，恰巧一位很尊貴的朋友送給我一套《兒童中國文化導讀》，我將這裡面的內容放在我的課堂上面，我沒有想到的是，小孩子對《大學》、《老子》相當感興趣，聽他們背誦起來琅琅上口，眞是一種精神享受。」

周舟問她：「現在不做老師了，有沒有覺得可惜？」

「似乎沒有，我現在的工作讓我更有熱情，我的工作安排最初是我媽媽的意思，現在想來覺得當初雖然不快樂，但是當初的工作環境卻給我提供了氛圍及很好的學習條件，我看了很多有意義的書籍，很多道理一輩子享用不盡。」

周舟問她：「是些什麼書籍？」

她對他說：「五四運動之後，受西方文化影響，徹底推翻了讀中國的古書，接受新的教育將我們民族最優秀的文化傳統經典推翻，新的中國文化是什麼？並沒有建立。所以文化斷層相當嚴重；過去讀《大學》、《中庸》、《論語》、《三字經》、《千字文》、《孝經》等等，五四之後你去看看課本，絕大部分不是學文化，學的只是語言，而且一直沿用到現在。我個人較爲敬佩猶太人，猶太人幾千年來的教育，始終保持了他的文化精神，對一個國家、一個民族這些有多重要！」

他說：「畢竟是做過老師的。」

她笑笑：「我現在做的並不是說的那樣，有些時間會煩躁，莫名其妙對一切感到厭煩，尤其對自己的身體生命，一輩子，多長！」

周舟揮揮手：「可不能這樣想，有身體感受世界多好。」

她玩笑：「當然，還有很多女孩子。」

周舟哈哈笑道：「對極了！」

說說話時間很快溜走，周舟告辭回去之後，她接著寫，寫一本言情小說，經紀人這段時間問了幾次什麼時間完稿。她不是很急，一方面認眞做著平海先生那裡的工作。

岳陽來電話說，早知道他的公司就該上網招募在家工作人員，讓松松爲自己做多好，至少除了電話還可以郵件熱交，松松說戚岳陽爲什麼這段時間說的話這樣有色彩，岳陽認爲是松松的出走造成的性心理空虛。

還有身體慾望無從著落，他不會喜歡一夜情，松松笑話他也患上了金領男人愛無力；有什麼辦法，不可能再遇見像她這樣有感覺的女人，也不可能有時間去取悅更多的女人，最後，岳陽解釋，主要還是因爲松松是個魔鬼加上妖女加上天使加上愚不可及的智者；隔了距離，岳陽才有機會講出如此讓她好笑的話，而以前兩人見面很少說及笑話，更多的時間用來做愛、用來纏綿與談話，不是很有幽默色彩的對白。

快四月底，松松在平海先生公司那份 WORK HOME 已經做得很有意思了，而且在不斷工作中她找到一些創業的好機會，就業並非傳說中那樣難。

那個夜晚之後，她給岳陽打了長途，兩個人談了兩個多小時，她告訴岳陽那晚與周舟的談話，告訴岳陽她來北京已經找到她要找的，是理解曾強，除去七情六慾外，曾強讓她看見一些這個時代也許別人認爲不重要而實際上是很有意義的東西。

她告訴岳陽自己打算五一回成都，她在北京除了日常在家工作，還去了很多景區散步，照了很多照片，心情很好，到時候整合成有影像、有聲音效果的 DiGi Book 送給岳陽。

還有就是想岳陽，岳陽問她有多想，她在手機裡說：「想和你做愛，眞的好想！」

「那妳快回來吧，松松，我也想妳！」岳陽說。

「有多想？」

「很想，」，他說。

她甚至感到他的呼吸，岳陽是那樣持久不敗的中年男士，他的性能力令她眩迷。

她伸手拉開窗簾、關上燈，悄無聲息倒在床單上，屋子裡斜斜射進一片路燈暈黃，她說：「岳陽，現在我要你！」

岳陽笑笑：「松松，現在我們隔這樣遠，怎麼要？」

她歎口氣，這個只知道工作的男人，可能沒有時間聽說過網交之類。

她唇邊露出一絲狡黠：「可以的，我們試試，好不好，岳陽？」

他笑了，一直這樣寵她：「不知道妳腦袋裡還有什麼花樣；」

「岳陽？」

「嗯？」他粘她的聲音又傳過來。

「想我嗎？」

「想；」

「有沒有看見我？」她一個字一個字地傳過去。

感岳陽懂了，他說看見了；她褪去衣衫斜臥著手機在耳邊，岳陽說需要我先吻你什麼地方；她說什麼地方都需要，岳陽，你要輕一些；岳陽開始輕輕含住乳頭，他總是這樣；她的手指滑過乳頭很柔很柔感覺沿著散開成一朵百合，她總是在做愛時感到身體開滿百合，慢慢地開直到極度膨脹；他的鼻尖性感敏銳，鬍鬚刺得乳房微微發出疼痛呻吟，他說松松還需要我吻哪裡；一直滑下去藤上面有些輕輕晃動，小小的蟲子癢癢爬上小腹，他的舌尖熟悉地進入，她說岳陽慢些來，再慢些；手機開始顫動，那端的男士開始做夢，將性感傳給女孩，女孩盛開成女人，被子在身子下軟軟承受；

「松松，妳濕透了；」

快些壓著我，岳陽，她低低地讓岳陽說他有多長多硬了；岳陽還是習慣用手指分開挺進，每一句話傳過來她會隨著吟動不由自主，她不能讓自己習慣一夜情，她喜歡與老情人這樣重復激情、重復高潮；一夜情只能帶給她心疼，脆弱的成分與生俱來，情人應該是熟悉的、理解的、有衝動的，一夜對她而言同樣幹不出感情。

她在床單上換了體位，手機貼住嫣紅臉蛋，戚岳陽愈發熟練挑逗，刺激她一聲聲吟唱委婉，另一隻手用了力拉上雪白被子遮住自己，岳陽說我進了好深好深、慢慢出來好嗎？她閉上眼心，隨同戚岳陽上上下下，手指尖觸及到，再次觸及到，往常她也用唇瘋狂將戚岳陽送上顛峰，她問這次岳陽他要不要？

她一直用舌尖溫柔撫摸岳陽碩大的寶貝，戚岳陽只是說明天我來接妳回來，明天一早我就去買機票，看我怎麼收拾妳，幹掉妳，弄死妳！

夜總是會結束，沒有做不完的愛，身體沒了，兩個人的緣分也就結束，愛隨玻璃碎了一地，這夜與戚岳陽用手機做完愛，半睡著半醒著。

第二天，戚岳陽說好了這天讓松松在北京等著，他來北京接她回去。

夢麼樣的色澤

這天工作感覺很愉快，我總是有些悲傷情緒，總是認爲歡樂後面必定藏有憂傷，歡喜的時候我不敢盡興，過度憂傷也會讓我看見希望。

岳陽下午到北京，再次告知了海澱區的住址，他叫了計程車過來，已是黃昏了，我站在舊綠色的鐵樓梯下面看他走近，身高適中，體格結實，皮膚健康，帶著微笑向我很自然伸開寬廣懷抱。

「岳陽！」這才體會到生命裡最不能缺少的終於出現了，早一天不行，晚一天會有遺憾。

岳陽擁抱我，我聞見他身上的青草香，與我生命裡某些味道絲絲入扣；看見他的眼睛就想到昨夜強行了要他那樣陪我電話做愛，我知道自己臉色變紅了，岳陽反倒哈哈開心地笑，然後我拉著他的手心帶他走上鐵皮樓梯上到二樓，打開門對他說：「這就是我的家。」

戚岳陽在門口看看，對我說：「這裡很好，外面有樹，牆上有常春藤，屋內有妳的氣息。」

我在背後輕輕推他進去。

岳陽放下公事包，脫去外衣我接過來替他掛在櫃子裡，他四處看看：「裡面設施齊全簡單，像妳的風格。」

倒杯水遞到他手中，拉著他坐在沙發上，我坐在旁邊電腦前椅子裡，岳陽喝了些水：「坐過來呀，隔那麼遠幹什麼？」

我坐過去，就有了疲倦感，脫掉鞋子赤著腳睡在沙發上，頭靠過去靠在岳陽膝上：「岳陽，我好想睡覺，就這樣睡一輩子多好。」

「傻話，不要睡一輩子，我要妳穿最漂亮的婚紗挽著我，我們相互陪伴過一輩子。」岳陽將手中杯子放在前面茶几上，從內衣口袋裡摸出一枚鑽戒；

我一下子咳了起來，坐起身子：「你要幹什麼？」好傻的一句話。

岳陽將鑽戒戴在我的左手無名指，藍色寶石，藍色是少女時代我留給岳陽最美的顏色，在手指上映出我的美麗。

岳陽說：「我這樣是不是不太正式？」

我看著他笑笑不語，岳陽說：「那好！」

他竟然起身在沙發前半跪著，拉著我的手：「松松，嫁給我好嗎？」

再笑不出來，岳陽說：「傻孩子，哭什麼？」

從心底深處我怕結婚，寧願與情人熱情相守，寧願多工作驅趕與生俱來的寂寞，情人能夠完全讓我覺得這份感情能夠持續到白髮蒼蒼，那麼，我才有結婚的勇氣。

感岳陽給了我這份勇氣，從來沒有嘗到過的。

岳陽還是半跪在那裡拉著我的一隻手：「松松？」

我赤著腳站在地板上，岳陽站起來，我摟住他溫暖脖子，腳站在他的腳上，腳心貼著皮鞋面，岳陽摟住我的腰：「我們結婚！」

我點頭，是的我們結婚。

「妳愛我嗎？」他在耳邊問我。

沒有回答，只是再用力緊緊摟住，他緊緊被他抱著，這就是一輩子。

你與我不懂什麼就開始故事就開始持續，身體結束緣分也就結束，下一世我不願再成爲人類，不願受到傷害與寂寞，剩下的日子屈指可數，如果愛不會背叛不會削弱，我方才有勇氣與你相守黎明。

戚岳陽笑起來會大大削弱他的嚴肅感，不過我個人喜歡他笑眯眯看我的神態，身子後面的舞臺就沒有威脅感，我不需要觀眾不需要黎明與黃昏、不需要下一世。

有智慧相伴靈魂不會墮落，有勇氣的渴望總會成長，白色本田行駛飛快，風裡飄搖的羈絆幾乎失去重量，女孩吹著輕快口哨，男孩說晚上有一場挺棒的電影，去看吧是講越戰；回到家中已是深夜，男孩說刺激的東西總是藏在戰爭背面，我們不是爲了戰鬥而瘋狂的，我們是爲了保持民主自尊心不停戰鬥、戰鬥。

我又分神了，該死！

這樣的情形只能夠存在我與情人，戚岳陽抱起我，我指指臥室，那裡有單人床、有情慾。

幾個月沒有與岳陽做愛，身體有陌生，姿勢也顯得不是原汁原味。

「看來我們生疏了，是誰的過錯？」戚岳陽問我，用雪白的被子輕柔裹住我們裸露身體，他壓在我身上，體溫開始傳過來，我的體溫稍稍低些，性感來得慢些。他一直用舌尖挑逗我的私處以此幫助我升溫，我的雙腿放在他背上，腳後跟輕輕敲打他的背部，戚岳陽的頭髮還有修面後的鬍鬚弄得我很癢，笑起來，他抬眼看我，嚴肅批評：「不許胡鬧」，埋下頭繼續用舌尖修理我。這一次無論我怎樣請求，他堅持只用舌尖，用他厚厚的、靈巧的、極富經驗的舌，一直將我送上慾望天堂。

沒有累只是甜蜜，被單下面溫柔臥著兩個身體，我伸出左手開始欣賞無名指上的戒指，夢囈樣的色澤；

岳陽在我耳朵旁說：「我知道妳喜歡藍色，滿意嗎？」

「這不過是戒指，我滿意的是人，是戚岳陽你這個人。」我對他說。

岳陽微笑不語，滿意地撫摸我的頭髮，靜靜親愛躺著，空間裡面充滿微分子跳躍起伏。

「我餓了，我們出去吃東西？」岳陽坐起身子。

「不行，我們在這裡多安靜，沒有人打擾，」我用力將他拉下來：「眞的餓了？」

「要不然我吃妳了！」岳陽說著就準備壓在我身上。

迅速翻身坐起來：「好了，我們出去吃東西，」我想想：「今晚我們請房東周舟一起晚餐，明天我們回成都。」

「沒問題，妳安排好了，明天回成都，後天我約了客戶去看兩處土地，大約一個星期之後我有空檔，我們去旅行兩三天。」

旅行，每次回來我們帶回厚厚幾疊照片，然後就扔在一旁，兩個人再沒有時間去整理，多數的是岳陽的秘書幫著整理進相本。他忙的時候我也忙自己的事，我自己不願意閒過日子，愈閒愈悶。

兩人穿好衣服，我去冰箱拿出兩盒果汁牛奶放一盒在岳陽手中，他坐在沙發裡：「松松，過來坐。」

我坐過去：「心情這樣好？」

他笑笑：「公司一直很順利在經營，現在妳又決定嫁給我，沒有理由心情不好嘛。」

我沒有說話，似乎現在認識岳陽的人看見他的公司規模他的車、房，不會聯想到這些年他爲此付出的心血與精力，我們習慣低調做人，高調做事，不過是一輩子，追求財富沒有錯，我正試著說服岳陽將一部分資金拿來做慈善事業，不需要一次投入很多，每一年一部分；我們自己吃不了多少，本身又不是那種紈綺子弟敗家類型。

岳陽對我說：「我去看過小安。」

「是嗎？什麼時間？」

「不要緊張嘛，」岳陽笑笑：「我當然不會自己冒然去，是松杉去綿陽出差，我恰巧也在綿陽，兩個人遇見了自然談到妳的近況談到小安，下午我們約了時間一起去看小安，松杉帶她出來吃飯，我只是在賓館餐廳等漂亮小公主。」

我笑笑看著他。

岳陽說：「松杉讓他叫我，妳猜小安怎麼稱呼我的？」

「以前小安叫你伯伯，現在同樣稱呼吧？」

岳陽笑笑：「松杉說：『小安，乖叫他戚叔叔』，小安看看我，從頭至腳，然後依舊稱呼我：『戚伯伯』，」

我忍不住笑倒。

岳陽問我：「我看上去眞的有那麼老嗎？」

我對他說：「你不老，只是皮膚有些黑，頭上有一點點白髮而已。」

岳陽沒有說話，擁住我的肩。

我問他：「很久沒看見松杉了，這些時間與她也只是通了兩個電話，她好嗎？」

「她很好，我與松杉的公司在競爭同一塊地。」

我沒有發表意見，這是他的事業，對松杉，我個人希望她順利，財務或者感情。

岳陽起身將空牛奶盒拿進廚房，我也隨著進去，牛奶盒放進廚房的垃圾桶，岳陽對我說：「眞想每一天回家吃妳親手做的晚餐。」

我笑笑：「每天做，我會厭煩的。」

岳陽笑道：「就知道你會這樣回答，我自己計劃五十五歲退休，然後我們安閒度日，我去參加釣魚俱樂部。」

有些時候我不能控制好自己脾氣，就如我支援王選，一直支援，釣魚只會使自己想得更多，我拉岳陽去電腦前點開一些網站，用滑鼠指著裡面五十歲白襯衫神情肅穆目光堅毅的女人，另外一些照片是重慶大轟炸倖存者現身說法。前幾個月寫了幾萬字的殘章小說、沒有接著寫完，裡面有很多是這些年自己收集的重慶大轟炸的資料，這樣的小說寫出來可能沒有市場，寫了三分之一放棄了。日本兵還是出現在夢裡，也許岳陽睡在身旁會好些；

「想什麼？」岳陽看我在分神。

告訴他：「沒有，沒有想什麼。」

岳陽說：「不是準備請妳的房東嗎？」

夜晚已經來臨，我去按響周舟門鈴，他在家，穿著灰色上裝黑長褲一雙家居布鞋看上去很隨意舒適，我對他笑笑：「戚岳陽來了，我們決定明天回去，今晚請你過去坐坐，然後一起晚餐，你看好嗎？」

周舟笑道：「好啊，沒問題，我也想見見常聽妳說的戚先生。」

周舟隨我進屋，岳陽正在打開客廳藍色玻璃窗，夜晚空氣濕潤些。

「岳陽，這是周舟！」我爲他們互相介紹。

岳陽伸出手：「你好！」

周舟握住，笑道：「我常聽松松說起你。」

我去泡了三杯茶放在茶几上，請他們過來坐著說話，岳陽與周舟坐長沙發我在旁邊單人沙發裡，正要說話，放在電腦旁的手機響了。

「很抱歉，我的電話，」我起身去接。

電話是平海先生打來的，我最近準備寫一篇關於他的文章，一家財經雜誌編輯向我約稿要一篇海外學成回國創業的人物稿，我需要一些平海先生的個人資料，上午與平海先生電話聯繫時他正與日本人開會，說晚一點打過來。

只有愛情沒有工作的生活不完整，所以很高興這個時候做一些工作，岳陽就在這間屋子裡，他的青草氣息芬芳瀰散開，這讓我接電話的感覺非常滿足。

平海先生在電話裡說：「松松，妳需要知道一些什麼情況？」

拿起筆翻開筆記本左手握住手機：「主要是你留學還有在日本工作那幾年的一些

經過、資料等等，這樣吧，我來問，你來答，好嗎？」

平海先生笑道：「好的，松松妳問吧，我儘量回答。」

問了些基本資料，其實有很多在工作中漸漸也瞭解了，聽上去平海先生嗓音有些不適，岳陽也這樣，老闆的通病。大約一個小時，完成了這項工作，接下來是平海先生讓秘書傳幾張照片過來。

這事做完，我回到岳陽與周舟談話中，坐下來抱歉笑道：「不好意思啊！」

岳陽說：「沒什麼，我知道妳對工作很看重很認眞，我能理解，這樣挺好。」

周舟笑笑表示不介意，而且看上去他與岳陽談話很愉快，岳陽是一個容易相處的老闆，當然工作要求很嚴格。周舟開朗熱情直爽充滿陽光。寫小說的女人對於男人敏感的不是他的身體，更多的是抽出身體之外的氣質感覺，這份感覺找對了，接下來才輪到肉體。

我對周舟笑道：「我們準備結婚。」

周舟笑笑，岳陽也笑了；

「笑什麼？」我問：「你知道了嗎？」

「我告訴了周先生。」，岳陽說。

我笑笑，然後對兩位男士說：「我們出去吃飯怎麼樣？我餓了。」

「現在出去吃飯嗎？」周舟對我們說：「外面人太多，不如我們自己做些飯再買些菜回來吃，就在我那邊，清潔衛生安全多好！」

新聞裡面情況也比較不讓人樂觀，我們決定在家裡吃飯，周舟與岳陽出門買些酒與熟菜，我在周舟廚房做些飯，佈置好餐桌燈光，然後打開電視聽些讓人緊張的新聞，事實上我不怕，很早就覺得生命開始與終結都不是樂觀或者悲觀的事。

一個多小時之後，兩位男士買了很多東西回來，我讓他們去洗手，自己去拿出那些酒菜，很多菜是超市的半成品，周舟洗完手出來說：「還是半成品好，我們加加工就行了。」

岳陽取出紅酒，周舟說：「戚先生，你看電視吧，怎麼說你也是客人，這裡很快就好。」

岳陽笑笑：「松松在這裡，我就不能算是客人，大家一起動手，味道更好。」

大家胃口都不錯，岳陽是海、周舟是火，我像是與他們無關的旁人，看見自己坐在餐桌旁說說笑笑，手上的藍寶石戒指寂然不語。

我舉起酒杯對周舟說：「謝謝這些時間你的關照。」

周舟舉杯笑道：「你別這樣客氣，還希望賢伉儷再來北京觀光。」

岳陽舉起杯子：「你來成都也記得聯繫我，我們為你做導遊，遊遍蜀中名山。」

周舟點頭笑笑。

氣氛很好，我們喝掉三瓶紅酒，岳陽酒量不錯，周舟簡直沒底，三瓶紅酒之後他們兩人慢慢喝些白酒，我是不能再喝了。曾強退伍後仍然喜歡買些北京二鍋頭，有時候喝兩杯以此懷念北京那些時光。

我坐在椅子上對他們說：「剛才我想到曾強，不過這一次很奇怪，心裡面比以往任何一次想到他時要舒坦地多，眞的。」

岳陽伸出一隻手握住我放在餐桌上的手：「松松，我從來就不反對妳懷念他，眞的，我只是希望妳愉快，希望妳走出以往不愉快的陰影。」

我對他笑笑：「我知道，我懂你的心。」

周舟說：「眞讓人羨慕啊，什麼時候我的愛情也會這樣。」

岳陽笑道：「你別這樣希望，我們兩個人可是走了不少彎路，各自吃了不少苦，特別是松松；周舟，喜歡一個人就得抱緊了不要放手，不要在乎世俗偏見，那些統統不重要。」

周舟笑道：「我知道、我知道，明天我就去與現在的女友說再見，去追我最想追又沒有追到的那個遺憾！」

我笑道：「岳陽，幹壞事了吧？」

「不是，不關戚先生的事，我真考慮了好久，只是現在做了這個決定，」周舟笑道。

一餐飯吃到夜深，我幫著收拾好碗筷，與岳陽告辭，回到自己房中，次日中午的航班，我也沒有多少行李。

「岳陽，累了嗎？你先休息我收拾行李，很快的；」

岳陽走過來從後面抱著我貼住我的耳朵：「又準備扔下我自己做事了？」

私底下他總這樣粘我，轉過身我對他說：「岳陽，你先去洗澡休息，我很快的，乖。」

他還是不肯放手：「不行，我要看著妳。」

「那好，我們一起做很快的，你幫我收拾衣物，我將電腦上的工作文件發進電子信箱。」

「好，」岳陽深深吻我一下，放開手我們做好次日離開的準備。

「這樣多的行李，箱子裝不下了。」，岳陽看著多出的一些物件。

我走過去：「這些是在北京買的一些字畫、小型根雕，還有給小安的一些玩具，早知道我就提前寄回去，怎麼辦？」

岳陽說：「我叫輛計程車，出去買個皮箱裝。」

「不用了，」我拉住他：「不如我去問問周舟，他可能會有旅行袋之類。」

岳陽說：「這樣晚了打攪人家不好吧？」

我笑笑：「這樣晚了我也不想你離開我出去啊。」

我去敲隔壁周舟房門，周舟打開門有些意外有些高興，我對他講了來意，他笑道：「沒問題，你先坐坐我找找，應該有。」

沒有開電視，屋裡流淌音樂，一切隨風；幾分鐘後周舟從臥室出來，手中拿著深藍色野外用的背包：「你看這個行不行，我就只有這個。」

我接過來：「怎麼不行，而且設施完全，就像我租你的那套房子，謝謝，這個包就送給我，到家後我仔細挑選一個新的寄過來好嗎？」

周舟趕緊說：「你別這樣，這沒什麼！」

我知道一些北方男士的性情：「周舟，我不是這個意思，我與岳陽會記住你這位朋友，也希望能夠再見面。」

周舟笑笑，點點頭：「好的，我會的！」

「再見！」

我們握了握手，周舟送我走出房門，踏出房門最後一步時，周舟忽然握住我肩膀然後從後面抱住我，輕聲對我說：「我會記住妳。」

我沒有動，靜靜等待他鬆開懷抱，很安靜悠遠的兩分鐘，周舟輕輕鬆開，我轉過身，對他輕輕說：「Bye」

回到屋裡岳陽幫著我將一切整理妥當，晚上我們靜靜臥著沒有激情，沒有做愛，只是挽著岳陽的手臂，慢慢說些話、慢慢接吻，不知不覺睡得沈沈。

次日上午接近十點，我與岳陽帶了行李準備離去，屋門外地板上放了一束新鮮玫瑰，我捧起來：「是周舟送我們的，」，我對岳陽說：「等等。」

走進屋內，拿了玻璃大水杯接滿水，將玫瑰插在杯子裡，租房的銀色鑰匙放在玻璃杯旁邊，然後轉身對岳陽說：「岳陽，我們回家。」

岳陽放下行李，走過來拿出一支紅玫瑰，摘下花朵插在我身上薄薄的披肩扣上：「我們回家。」

中午的航班，下午到了成都雙流機場，我的爸媽、松杉竟然全在那裡等著我們兩人。

岳陽一手拉著行李箱一手提著旅行袋，我走在旁邊，替他提著公事包。

我的爸爸主動走上前對岳陽伸出雙手，岳陽放下行李走快兩步緊緊握住；

爸爸對岳陽笑道：「回來了。」

岳陽笑笑：「是的，我們回來了。」

媽媽過來說：「好了，我們回家！」

松杉開車，上車時松杉悄悄對我說：「戚岳陽昨天打電話告訴我你們會結婚，太好了，姐姐。」

我問她：「你們什麼時候聯繫上的？」

松杉說：「妳去北京之後他四處找妳，打電話問我，不過那時我眞不知道；昨晚姐夫打電話給我，說你們今天回來，說你們會結婚，現在好了，我也鬆口氣，放心了！」

「姐夫？」我對松杉說：「也太快了些吧。」

松杉睜大眼：「這還快？晚了十多年。」

是我去周舟屋裡借包時，岳陽給松杉打的電話吧，今天這樣全體出動，我看看岳陽：「岳陽，是你洩漏消息的。」

岳陽笑笑。

媽媽說：「這有什麼洩漏不洩漏的，我們回去慢慢商量你們的婚禮！」

「這也太快了」，我笑道。

我與爸媽坐在後排，爸媽執意讓岳陽坐在前排，他轉過身對我說：「松松，一點也不快，妳看，我等妳等到白了頭，」他用手摸摸頭髮。

我忽然忍不住了，大哭起來，倒在媽媽懷裡哭得止不住，怎麼也止不住，沒有誰說話，車一直向前開。

到了社區爸媽松杉家，外婆坐在客廳等我們，這是岳陽第一次來這裡，岳陽走上去在外婆耳邊說：「外婆，您好！」

外婆笑眯眯看著陌生的中年男士，松杉走過去在外婆耳邊說：「外婆，他叫戚岳陽，我姐夫！」

外婆說：「眞的？」

「眞的！」

爸媽對岳陽親切有禮，似乎我們第二天就會舉行婚禮；

晚餐時間，松杉提議大家出去吃飯慶祝，爸爸說還是家裡好，這些天還外出吃飯?我倒認爲用不著那樣緊張，最後仍然決定媽媽親自下廚做了好些菜，開了瓶茅台，除了外婆，大家皆飲了兩、三杯。

晚飯之後大家還是商量成都什麼婚紗攝影公司高尚、什麼酒樓環境好，然後蜜月旅行去哪裡。

岳陽說：「至於婚禮，我尊重松松的意見。」

我對大家說：「你們知道我是害怕喧鬧的，我希望低調一些，除了家人不要通知任何岳陽生意上的朋友，包括岳陽公司同事。」

岳陽笑道：「我沒有意見。」

松杉哈哈笑了：「如果我姐說婚禮去峨嵋金頂舉行，你也會說沒問題的。」

岳陽擁住我：「當然，沒有問題。小安呢?我希望接她來成都上學，松松妳的意見呢?」

大家看著他，松杉笑道：「戚岳陽很有誠意的!」

媽媽說松杉：「你怎麼這樣沒有禮貌，直呼姓名。」

松杉笑道：「我原本是叫姐夫的，這次說話快了些，順口就出來了。」

我說：「沒事的，叫名字說明大家不見外，這樣更好。」

我的女兒小安的安排，我知道這不是最好討論的環境：「至於小安的事，岳陽，等我考慮了我們再一起做決定，好嗎？」

忽然想到自己從北京帶回的一些物件，起身提來旅行袋，一一從裡面拿出來放在茶几上沙發上，大家欣賞，我讓松杉留些自己喜歡的放在家裡，剩下給小安的一併放在這裡，再拿到我的住處又覺得很麻煩。

我選了兩幅畫準備拿回自己住處，媽媽很感慨當年自己在北京見到毛主席，這樣的事足夠她一輩子回味。

這天晚上我去了岳陽的家，岳陽告訴戚伯母我們會結婚，戚伯母說這裡什麼也不缺，只是少了年輕女主人，你們終於要結婚了！

深夜，我們躺在床上聊天，我認爲自己還是過些天搬來，岳陽問爲什麼？

我通常害怕過於讓人興奮的事物，天之道，損有餘而補不足；人之道，人間有什麼可以道給人說。我們的愛情通常會湮沒，眞摯抵不上才色酒氣，付出多過收穫，過多的存活在別人手心，沒有超越許可權的期望，只是希望付出給我的愛人；我想做夢，夢見我與心愛的情人在床上回到虛無。

「我們慢慢準備婚禮，你知道我不喜歡張揚喧鬧，不要讓自己太累，慢慢地來多好。」

岳陽笑道：「松松，我不是說了沒有任何問題嗎？不過妳不要讓我等上一年就好。」

我低頭笑了，岳陽說：「讓我猜中了不是？」

我說：「也沒有那樣長，只是慢一點，再說我們這樣我覺得挺好，與結婚沒有任何區別，我們同樣的互相牽掛。」

「那不同，我還是認爲結婚好。」

「我不求名分，你還會在乎？」

「我會在乎，因爲我很愛妳的緣故。」

我找不到理由向後推，嫁給一個人，在心裡上是一種考驗，能否接受彼此身體以及習性；如果不是岳陽求婚，我想自己會獨身直至終老，這樣的日子可以讓自己充分體會到寧靜以及有更多的時間融入大自然，讓寧靜和諧心態與自然融爲一體，在追求財務之後可以解除很多生存中的無奈與寂寞。

兩個人的日子久了會讓我有無所適從的錯覺，至於女兒，我努力工作換來的財務足可以負擔我們的生活，再加上我每一日不停在投入工作，未來不會是那種灰暗與無望，相信智慧就會相信自己有無窮創造來源。

岳陽努力讓我相信我們結婚會是一件很美滿的事。

新娘夢剛剛開始，SARS 來了。

岳陽說：「還好我去了北京，要不然我的新娘怎麼回家？」

有一些身不由己，逐漸得將自己的東西螞蟻一般，隔兩、三日開著那輛白色本田來回運些來岳陽住處。

再興奮還是得工作，每天完成自己的工作計劃，岳陽讓我抽一天時間去看車，他準備買一輛紅色跑車讓我開，至於車，我想不再買日本車，換成德國車吧。

我搬到了岳陽家裡，書房很寬，書櫃裡排滿了很多這一輩子我願意不停讀下去的好書，電腦換成更小巧的筆記本，以及一些相關在家工作需要的工作設備，此外，岳陽讓我多換些我喜歡的家具物品；

「岳陽，你這裡的懷舊品味非常合適，再換，整個就不和諧了；」

「不是我這裡，是我們家，」岳陽開始糾正時常我說出的不合適的單身詞語。

「還有，」岳陽問我：「松松，我們什麼時間去做結婚登記？」

我愣了，笑道：「結婚登記，什麼時間，明天吧。」我想這還有些早，急什麼呢，可是岳陽很有興致我就不願再往後說。

岳陽說：「明天上午十點之後我來接你，我們去登記。」

「不用來接，我去你公司樓下等你，到時候電話聯繫好了。」

岳陽點點頭：「也好。」

「這些天松杉抽空陪我去買了些衣服，看看嗎？」我問岳陽。

他笑笑：「好啊。」

基本上我的衣服色調不多，黑、灰、白再加上一些金色，衣料上偏向華麗的大多是陪岳陽參加一些酒會用的，在家工作我喜歡天然舒適合體的衣服。我有好些吊帶睡衣，時常在家裸體穿上，披散頭髮，投入工作會讓我忘記靈魂住在何處。

岳陽問我：「聽說了嗎？」

「什麼呀？」

他說：「劉部長好像出事了？」

我問他：「是曉韻的劉部長嗎？」

岳陽點點頭：「經濟問題。」

我問岳陽：「曉韻呢，沒聽說什麼吧？」

他看看我：「似乎還沒有聽到什麼，也許美女局長的份量還不夠重。」

我歎口氣。

「爲什麼歎氣？爲他們不值？」

我說：「現在還不知道結局，說不定皆大歡喜。」

岳陽說：「別人的事不要放在心上，我們快樂就行了。」

我點點頭。

第二日清晨，岳陽上班前深深吻我：「上午我在公司等妳，我們的身分證我全帶上了，妳直接來就行了。」

我是凌晨兩點睡下的，睡意正濃、朦朧中伸手摟住岳陽脖子，答應說：「好。」

岳陽叮囑我：「不要忘記了。」

我用被子捂住頭，岳陽掀開被子，看見我正獨自發笑，他問我：「笑什麼？」

我的睡意已經被他逗跑：「岳陽，你現在怎麼開始像小孩了，結婚登記這樣的事，我會忘記嗎？」

岳陽說：「應該說不會，但是放在妳身上我還是不放心。」
「我給你這樣的印象嗎？」
「是妳的思想，什麼時間不高興了，臆想著我對妳不好了，再獨自跑去什麼地方，我怎麼辦？」岳陽坐下來：「我老了，再禁不住波折。」
我對他說：「岳陽，你一點也不老，是你在乎我；即使不結婚我也會感覺到很開心，眞的。」
他對我笑笑：「妳能理解就好，我不缺事業不缺錢，只是缺一位太太，缺少妳成爲我的太太。」
我的心開始疼，開始自己害怕的疼痛感：「岳陽，我知道，你去上班，我會來的。」
岳陽上班後，我再接著睡了會兒，十點鐘起床洗澡換上一套初夏套裝，修長合身黑長褲，上裝是請成都很有名氣的裁縫手工縫製的無袖緊身唐裝，頭髮輕輕挽上去，換了對藍寶石耳珠，手袋是松杉陪我去買的 GUCCI。踏出臥室時，想了想再進去，在保險箱裡拿出那串美得讓我感覺炫目的寶石佛珠，岳陽送我之後因爲過於疼愛，戴的時間不多，時常放在保險箱裡，加之這是岳陽的生死之交西藏的班送的，意義上更加貴重非凡。我將佛珠依舊在右手腕上繞了三四圈，冰冰的寶石充滿智慧靈犀。

成都初夏很美，府南河讓人感覺到爽朗，我計劃下午去杜甫草堂散散步。

戚伯母知道我們今天會去做結婚登記，大約是岳陽出門前告訴她的，戚伯母說：「登記了更好，就更像一家人了。」褓姆做了早餐我沒有心情吃，喝了杯安嬰牛奶然後去車庫。

戚伯母照常叮囑：「松松，開車慢些。」

我對老人笑道：「知道了，媽媽。」

開出一段，後鏡裡看見岳陽媽媽站在別墅門口看我的方向。

到了大廈前面，我給岳陽電話。

岳陽在電話裡說：「松松，妳上來，我給你介紹一位尊貴的客人。」

我說：「好，」聽上去岳陽很開心。

我沒有猜到會是什麼樣尊貴的客人，岳陽的經理室在裡面，他公司的職員認識我，秘書對我說：「松小姐，戚總在辦公室等您。」

推開岳陽辦公室大門，聽見岳陽爽朗笑聲，岳陽辦公桌這方是一位看上去個頭較高的男士，深色上裝，頭髮很黑。

岳陽看見我，站起身走過來拉住我的手：「松松，來，我爲你們介紹！」

那位背對著我的男士站起身轉過來，我看見一張健康顏色，高高鼻樑，濃濃眉毛，很有眼神的面目，似乎很熟悉，可是有一輩子也讓人回想不出的感覺。

岳陽介紹說：「松松，這位就是我常給妳講的班，康波的班。」

班大約有一米八，肩膀寬厚，笑起來很親切，牙齒雪白整齊，他與岳陽年歲差不多，可是班看上去很年輕。

我伸出左手：「班！你好！」

班伸手握住，看見我右手腕上的寶石佛珠，他對我笑道：「妳一定是岳陽最疼愛的女人。」

岳陽笑道：「這是班的佛珠，現在戴在松松的手腕上，是很神奇的一種緣分。」

我說：「班，我很珍愛這串佛珠，它讓我時常回見到智慧。」

班笑道：「智慧在每一個人心裡，它比任何寶石還要珍貴。」

我點頭，我知道智慧，就如明珠常在心內，不見到它也存在。

「來，大家坐下說話。」岳陽請大家坐在沙發上說話，讓秘書再送一杯咖啡給我。

岳陽辦公室很寬，一面有一個小吧台，酒櫃裡不少好酒，我提議：「今天這樣有興致的日子，不喝咖啡了，喝酒好了。」

岳陽也很開心，一位是他的生死之交，一位是最愛的女人，開了瓶軒尼詩；我給他們倒酒，班對岳陽說：「岳陽兄弟，你的女人很不錯。」

岳陽笑道：「這輩子我就打算與松松共渡了！」

班笑道：「看來，你解決了所有思想上的感情疙瘩。」

我聽了，看看岳陽，他對我笑道：「松松，我與西索的事，我對班講過，這些過去了，感謝生命讓我遇見你們兩位。」

頓時感受到岳陽與班的情誼，深如大海。

我對岳陽說：「今天改變計劃，改天去登記吧，今天你陪班。」

岳陽想想，對我笑道：「那好。」

班問：「岳陽，有什麼要緊事你就去處理。」

岳陽笑道：「今天只說妳的事，其他的往後放放。」

我問班：「這是我第一次見到你，班，你來成都的時間多嗎?」

班笑道：「因爲工作的關係，前些年我負責與美國的業務，今年我負責與我國西南地區聯繫業務，這次是專程來與岳陽談業務的。」

班在氣質上也屬於事業上了軌道打開局面的金領男人類之中的成熟男士型，身上一點沒有那種刻意突出自己發迹的痕跡；他們內斂沈穩敏銳迅捷，能吃苦也很會享受。

雖然工作種類不同，但是在岳陽身上我也學到了不少工作經驗，認眞投入工作的激情。

工作需要激情，男人的激情、女人的激情，城市的激情、土地的激情；智商能夠說明一些，智商不是全部，相信智商影響自己發展的人通常被自己鬱積住，那些事業發展分外強大，創造巨大影響、巨大財富的時代英雄，他們會相信自己智力有限？不會，恰恰是這類事業上很冷靜分析的人在工作激情上揮灑更爲厲害，因爲他們不會相信自己智力有限，他們認爲人是具有無窮無盡的智力來源。

我一直非常喜愛愛因斯坦，他說的話那樣富有眞理性，不離開環境本質，談人、談環境、談科學、談發展。

岳陽會接著與班談些可能的業務合作，我告辭出來，在岳陽公司門口遇見西索，漂亮的西索無論白天黑夜都優雅得體，他對我笑笑：「嗨！」

「嗨！」我對他笑笑，然後大家各忙各的分頭而去。

下了樓，一時間沒有計劃好幹什麼，想想，開車去武侯祠，成都市內的景點，通常我與岳陽常去武侯祠、杜甫草堂、昭覺寺、青羊宮，我們同樣具有懷舊感，在一些很貴重的歷史間隙過客一樣地看。

武侯祠出來後再去了杜甫草堂，車裡面有數位攝影機，在草堂裡慢走了一個半小時，攝了很多鬱鬱蔥蔥的樹木，準備著拿回家做電子書，再配上我與岳陽的日常拍照，挑選一些背景音樂，最近岳陽喜歡上了英國老牌歌星 EngelberHnmperdinck 的情歌。時常夜晚放著那首著名的「The Last Waltz」與我做愛，我感覺過於憂傷。

下午快三點，感到很餓，找了家環境味道都不錯的餐廳，點了菌類，再點了些綠葉蔬菜，一些米飯一杯好茶。

飯後回到岳陽別墅，褓姆正陪著戚伯母說話消遣，我進去時戚伯母笑眯眯問我：「松松，你們辦妥了？岳陽呢？他今天應該陪妳才對嘛。」

我對她講了今天的事，雖然沒有與岳陽登記結婚，我還是願意叫戚伯母「媽媽」，她是一直讓我感到尊敬的母親與老人。

我過去握住戚伯母的手：「媽媽，班是很尊貴的客人，應該先將班放在今天最重要的位子上。」

媽媽對我說：「那打電話請班來家裡吃飯吧。」

我點點頭：「好的，我來對岳陽說。」

沙發旁有座機，放下包，坐在沙發裡撥了岳陽號碼，對他說了媽媽的意思。

岳陽說：「我正在開車送班去雙流機場，因爲工作關係他今天回拉薩，我會向他轉告媽媽的意思。」

我對岳陽說：「也轉告我對班的友誼，希望再次見面！」

岳陽說：「好的，我會的。」

我叮囑他：「開車慢些。」

岳陽笑道：「我知道了。」

岳陽下班就直接回家，對媽媽講了班的近況，我們坐在一起談天，岳陽忽然問我：「松松，我怎麼聽見妳叫媽媽？」

他媽媽立即笑道：「松松不叫我媽媽叫什麼？」

岳陽笑道：「我知道了，謝謝妳，松松。」

我對媽媽說：「你看，岳陽犯糊塗了，爲什麼謝我？這是我們的緣分，很難得大家彼此理解關心。」

岳陽歎口氣，很遺憾地說：「松松，明天我們去登記，上班就去！」

我點點頭。

晚上在家吃飯，褓姆做菜我在一旁幫些忙，試著學學，前段婚姻好幾年也沒有學會好廚藝，那個時候做飯常是曾強的工作，我是不挑剔食物的，後來跟著岳陽養成了喜歡菌類的習慣。

我知道晚上岳陽會與我做一場很長的愛，從今天上午他的眼裡，我看見了他的感覺，我們愈來愈有很多近似的習慣，不喜歡一夜情、不喜歡固定地點做愛、不喜歡用避孕套、不喜歡沒有新意的體位，有些不同的是，岳陽喜歡在家裡做愛，我喜歡車床。

晚上岳陽放了音樂，哀傷的情歌，做愛的速度也減緩了，緩緩地進去、緩緩地出來。

我對他說你這樣會讓我感受到許多憂鬱，透過你的身體傳給我。他沒有說話，停住運動，身體貼住我，開始慢慢吻我，舌尖纏住我的舌尖，甚至我恍惚看見他的淚痕。我閉了眼裝作沒有看見，岳陽再去吻我乳頭，輕輕含住、輕輕吸吮，到後來我也有想哭的感覺。

次日岳陽早早起來催促我也要快些。

很快梳洗完畢，出門前我的手機急促響了，打開看見是松杉家的號碼，聽見爸爸說：「松松，妳快些回來，外婆身體不適，情況很不好！」

我的腦袋頓時空白了：「我立即回來！」

岳陽見我神色不對：「有什麼急事？松松！」

「我外婆？」說不下去，眼淚滾出來。

岳陽看情形知道很嚴重，沒有說話拉上我下樓出門去車庫，很快來到松杉家社區，停好車後岳陽見我還坐著發呆，拉拉我的手：「快些松松，我們去看外婆！」

上樓敲門時發現門是虛掩的，進去，褓姆在客廳倒開水，對我們說：「快去看，在臥室。」我與岳陽逕直到外婆古色古香的臥室，外婆吃素念佛很多年了，她的身體狀況一直很穩定。

爸媽松杉全圍坐在外婆床邊，我去的時候眼裡又開始滴淚。媽媽先將我拉到一旁叮囑：「松松，妳外婆即使要走也是壽終正寢無疾而終，千萬不要掉淚，她也不希望看見妳們掉淚，記住了？！」

我點點頭，眼淚還是拼命往下掉，岳陽遞給我厚厚一疊紙巾，讓我吸乾眼淚，接過紙巾捂住眼部，幾十秒後眼淚收乾了。

外婆平躺在床中央，看上去很安祥，我坐過去輕輕摸著她的手心，俯身在耳旁：「外婆！外婆！」

她沒有回應，一直很寧靜深睡，爸爸坐在床沿另一旁對我們講：「今天很早，大約六點，褓姆說外婆自從昨夜就這樣躺著，似乎一直沒有動過，我檢查了外婆的呼吸、血壓、脈搏、心跳，每一樣在逐漸減弱，沒有絲毫病變，只是身體功能到了油盡燈枯的時分。」

「送去醫院嗎？」我問爸媽。

媽媽說：「千萬不要，外婆這幾年一直對我們講，如果有一天她很老了，身體不能再運轉而自己又沒有任何病變，只是老，那就讓她順其自然壽終正寢，好來好去，這也是一種福分。如果將她送去醫院插上管子強行挽留幾天，她是不願意受那份罪，如果我們孝順，在這件事上就要聽她的，顧忌老人的感受。」

松杉點點頭：「這幾年外婆老這樣說，我們應該顧忌她的感受，現在外婆神志並沒有昏昧，只是身體功能衰竭沒有氣力說話，如果送去醫院插上管子強行挽留，外婆在感覺上就會非常痛苦、又說不出來。」

我想想，還是外婆自己想得周到透徹，老是自然。這天我們守在家裡守在外婆床前沒有離開，岳陽一直陪著我們。

下午兩點，媽媽發現外婆睜開了眼，我們圍過去，爸爸端來營養液準備用小杓餵給外婆。

外婆搖搖頭，用她積蓄了近一天的最後的氣力對我們說：「我不懼怕死，我看見了智慧。」

外婆去世之後，爸媽一直在想什麼是自己的智慧？他們也是半百的人，也許有些道理應該想想。

松杉、我還有岳陽，我們忙著自己的事業自己的財務，賺回的金錢不是智慧。

外婆的後事簡單莊重，骨灰要等到 SARS 之後才能運回外婆老家小鎮上，會埋在田裡，四周開滿油菜花的泥地。

岳陽一直幫著跑前跑後地忙，他與爸爸負責了大部分外婆的後事安排與處理。

這件事情過去了，感覺自己在心理上接受了一次成長教育，不再害怕親人離去，曾強的死是悲劇，外婆的死讓我感受到生命最後階段呈現的溫暖。

我還是照常工作，照常過來陪爸媽說說話，吃一餐飯，說說外婆生前的好，悲傷一天天退潮般在減少。

因爲SARS的關係，岳陽出差的時間減少了，我們白天也有了膩在一起的機會，我還是繼續那份平海先生公司的在家工作，岳陽有時也看我用一台電腦怎樣賺錢。

坐在電腦前，所有的資源似乎都有可以讓我盡情運用的可能，我不知道自己是否還會適合早九晚五。

書稿快寫完了，書商老楊聯繫過我說要快些；我的經紀人聯繫了北京一家出版社，讓我寫一本言情小說；我還接到一個電話，也是北京一家出版社的，他們要寫一本就業小說，希望我能參加，是採用網路寫作，不過這個計劃我還需要考慮。

岳陽不讓我過於辛苦工作，我自己並不覺得有多辛苦，我喜歡工作，喜歡不停尋求更大的自身價值。

SARS的影響畢竟只是身體外在，我很樂觀目前的工作狀態並且積極投入，對我，只有不停工作才能消除寂寞，寂寞存在無聲狀態，空氣一般散開在城市上空，呼吸他的呼吸疼痛他的疼痛，兩方對立顯現的物體總是依靠著說明，失去一方，另一方沒了存在的條件也會不存在。在哲學書籍裡這些東西許久許久以來，就含著雪茄緩緩地笑著看你，人世可以不停變化，只是表現智慧的方式從來沒有離開過。

智慧好像是摸不著的比喻，要用他來說明一些什麼，比如生存、比如就業，比如家、比如艱澀、比如寬裕。

結婚登記因爲外婆的過世也就放下了，可以在婚禮前夕去登記。

婚禮向後推，疫情過去了再說，那段時間常常與家人通電話，打給爸媽，打給小縣城跟著爺爺奶奶的小安。也沒有傳說中那樣恐怖，心裡不怕，行爲上積極配合就行了，更沒想到的是我的女兒，竟然在電話裡安慰我：「媽媽，不要怕 SARS，我們老師講要多洗手，暫時不要出門，還有，媽媽如果你現在回來看我就要被、被隔離八天的，媽媽你想我嗎？想我的時候就看看我的照片，爺爺說很快我就能和媽媽住在一起，爺爺奶奶讓我去成都上一年級，媽媽，什麼時候你來接我呀？」

小安似乎忘記了曾強，我不準備隱瞞她什麼，將來她問起自己爸爸，我會如實講給她聽，她爸爸是個能夠堅守自己信念的人。

戚伯母特意要求我，將來讓小安跟著我們住在岳陽家裡，她喜歡小孩，她相信我與岳陽結婚後很快會有屬於戚家的孩子。

我們每天在岳陽上班後談談天說說岳陽，然後我工作，褓姆陪著老人看電視，在屋後自家小花園裡散散步種種花，戚伯母房間裡一直掛著岳陽父親戎裝照，有堅定信念的軍人總是英姿逼人。

晚上，吃過晚餐，我洗了澡坐在電腦前繼續發射這一天的工作精力，岳陽陪著戚伯母說說話然後上樓來陪我；

「還在忙嗎？」岳陽坐在我身後雙手摟住我的腰，慢慢將身體貼近。

我知道他的旺盛精力又準備開始發揮用武之地，推推他：「還沒有洗澡吧？」我的手指仍然忙在鍵盤上，忙一份看上去有前途的工作。

岳陽貼著我的背，雙手透過我的絲睡袍捏住我的乳房：「松松，不要拒絕我嘛」，一隻手開始向下移，撩起我的睡袍一角從大腿一直向上撫摸，一面吻住我的脖子用鬍鬚來回磨著，那只偷跑進下面的粗粗手指在裡面運動起來，我坐到他的雙腿上給他的手指留出運動空間，已經不能繼續在鍵盤上工作了，我轉過身面貼著岳陽，一面吻他一面騰出一隻手拉開他的褲鏈，從裡面掏出我要的東西，岳陽雙手抬起我的身子穩穩對準了放下，我知道怎麼樣讓岳陽到達頂峰，椅子已經承載不住我們的力量，砰地倒在地板上，岳陽仰面躺著，我騎在他身上，我的腰開始沒有力氣，他要我快些，他坐起來然後將我壓在下面，我知道這下完了，使勁推開他向門口爬著過去，岳陽一伸手拉住睡袍一角，月白睡袍被他拉掉，我笑倒在地板上要過來搶回我的衣服，戚岳陽忍住笑按著我，用睡袍將我的雙手縛住，再拉著我的雙腿，將我的雙腿拉得直直，好恐怖，他分開我的雙腿撲過來，進去前的一秒，他說松松你願意嗎？願意、當然願意、我已經忍受不了要他快些進來，我總是記得戚岳陽在私下相處時的雄性魅力，那樣持久勇猛永不放棄，他坐在地板上愛我，渾身汗珠燈光下透出一層朦朧金黃，這樣的情人我不愛他還會愛誰。

婚禮還在等，等疫情過去。我們兩人皆看重不喧嘩的安靜甜蜜，不擺什麼大酒席，就岳陽母子以及我們松家，在成都最好的酒店舉行一個小型婚禮儀式，吃一餐團員飯，這樣最好，免去許多我忍受不了的禮節與熱鬧。兩家人一見面就會談論婚禮，無數次重復依舊津津有味。松杉的男友在西航上班，專業是發動機，高個子無框眼鏡給人印象挺不錯。

婚禮需要伴娘伴郎，至於伴娘嘛肯定是松杉，伴郎人選有兩個，一個是松杉的男友、另一個我提議請西索。松松說她還要考慮男友的表現與資格，不如就請西索，那個廣告部經理站在那裡，就是會搶鏡頭的帥哥。

對岳陽與西索的一切故事我不介意，不經過很多的日子幾乎沒有，我們這個世界又叫娑婆世界，意思就是有缺陷不完整。

試婚紗、試新郎服、小安的公主禮服，我們在等待城市隔離消除，這樣才快些將小安接來給她買禮服，小孩子不試穿，買衣服很難買合適，我很想小安，小安性格很要強，這沒什麼不好，只要注意提醒她，教著她內斂就行了。

岳陽也愛孩子，他始終沒有自己的孩子，不過岳陽從沒有要求過我要爲他生孩子之類，他沒有，他只要我快樂，我知道自己遲早會提出要不要生一個岳陽與自己的孩子，岳陽他瞭解我這些，所以他在默默等我說出來。

整個五月、六月，城市隔離還未消除，我在家裡也沒有停止過工作，七月初，城市隔離消除，我可以回到小縣城去接女兒，成都這邊婚禮安排，經過這麼長時間已經很齊備了，地點選在五星級的假日酒店。

我獨自開了白色本田回縣城去接女兒，對曾強的爸媽講了我的婚事，至於小安，永遠是他們的孫女，學校放假就可以回來住陪他們，小安捨不得爺爺奶奶，也捨不得我，上車時一直哭，結果曾強媽媽也跟著哭。

車裡放了很多小安的衣物玩具，我對小安說，學校放假就回來陪爺爺奶奶，現在小安需要上學，小孩子長大了就需要學習各種本領。

小安在車上問我：「媽媽，我的爸爸呢？」

一面開車，一面問小安：「小安，還記得爸爸嗎？」

小安說：「有那麼一點印象，有人說我爸爸死了，我可不相信，那是騙人的，我爸爸很忙，沒有空回來看我們，是嗎？媽媽。」

我沒有回答，也不準備告訴她說她爸爸出遠門了，如果小安追問，我會告訴她實話。

小安自己學著我的樣子繫好安全帶，說著話就睡著了，回到岳陽家，戚伯母與岳陽在門口笑著等著抱小安。

岳陽從車裡抱出睡著的小女孩，戚伯母說：「讓我看看乖孫女。」戚伯母輕輕摸著小安臉蛋，小安醒過來，眼珠轉動著，先看見我：「媽媽。」

看見戚伯母，她很乖，馬上叫：「婆婆。」

看見岳陽，我們沒有說話，小安看了穩穩抱著她的岳陽，看了許久，脆脆生生地叫：「戚伯伯！」

岳陽對小安說：「小安乖，還記得戚伯伯。」

小安點點頭：「還記得。」

我拉小安的手讓她下地自己走，小安下來過去拉岳陽媽媽的手：「婆婆，我拉妳，我喜歡老年人，我奶奶也是老年人。」

岳陽媽媽笑道：「小安乖，我們進去吃晚餐了，婆婆準備了好多好吃的。」

小安不是很喜歡講話的小孩，晚餐時間她認眞看了好多次岳陽，岳陽後來親切問她：「小安，告訴伯伯，爲什麼這樣看我呢？」

小安想想，問他：「你是我媽媽的朋友嗎？」

岳陽點點頭，笑道：「是啊，我是妳媽媽的朋友。」

小安問：「是男朋友嗎？」

我們忍住笑，岳陽再次回答：「是的，我是妳媽媽的男朋友。」

小安問岳陽：「你們會結婚嗎？」

岳陽點點頭：「是的，我會與妳媽媽結婚的。」

小安想想，轉頭問我：「媽媽，那我的爸爸呢？」

場面有些尷尬，不過在意料中；我對小安說：「小安，媽媽給妳講爸爸的故事好嗎？」

小安點點頭，我對岳陽說：「我帶小安去客房給她講。」

岳陽拍拍我的手，點點頭。

樓下同樣有一間客房，我拉著小安進去，打開客房空調。

「小安，坐在媽媽身旁，媽媽給妳講妳的爸爸。」我讓小安坐下來，坐在我旁邊，懷舊感有翅膀的眞皮沙發上。

小安穿的淺黃色米奇裝，頭髮短短的，女兒對我，更多的是心靈上的朋友，我願意與她談話，儘量給她講她的父親曾強。

「小安，你的爸爸以前在北京做過空軍，很精神很英俊的。」

小安問我：「媽媽，爸爸像電視上面空軍那樣？」

我點點頭：「是的。」

小安說：「現在呢？爸爸呢？」

我對她說：「爸爸去世了。」

小安看著我，彷彿我在玩笑在撒謊。

我再次很認眞地對她講：「小安，每一個人都會死去，爸爸只是死得很早，那時候你還很小，一點也不懂事，所以媽媽沒有告訴你，現在你長大了，快做小學生了，應該幫助媽媽分擔憂傷，所以媽媽決定告訴你，爸爸去世了，永遠不會回來了。」

小安聽著，十秒鐘之後「哇！」地大哭起來。撲進我懷裡不停地哭，好大聲，整座別墅被驚動。

我沒有掉淚，只是摟著小安讓她感覺好受些。

岳陽輕輕推開客房門，我轉頭看見他，岳陽看看我，我對他搖搖頭，岳陽懂了我的意思，再輕輕拉好門。

我自己對前夫，已沒有悲傷沒有懷念，過去的一切喜怒感受都過去了，只是小安，我知道得給她時間，讓她接受，讓她適應。

小安哭了很久，岳陽再次輕輕進來，將一杯冰果汁放在我手裡。果汁杯裡插著一根淡黃色吸管。

是爲小安準備的，岳陽輕輕出去，門虛掩著。

我很吃驚小小女孩竟然有這樣的氣力，等她哭夠了，我將果汁放在小手掌裡：「小安，乖，喝些水，媽媽給你講爸爸當兵時候的故事，很有意思的。」

小安眼睛紅紅的有些發腫，臉上完全花了，汗水淚水混淆不清。

小安喝了一口果汁，還是抽噎著，小安對曾強的懷念更多的是出自親情，她對爸爸的印象不是很深，我想在某些方面其實岳陽更適合做她的父親。

岳陽不會因爲自己心情來遷怒家人，他相比曾強有更多的耐心、信心與實力教育好孩子。

小安喝完果汁，我對她說：「小安，媽媽帶你去洗澡，一面洗澡，媽媽一面給你講爸爸的故事，好嗎？」

小安點點頭。在家裡，曾強媽媽很寵愛她，我這幾年忙著自己發展，相對與小安在一起的時間不是很多；血緣讓小安對我忙於工作，忙於求得生存沒有多少怨言，相反小安盼望我回去見她，她也很驕傲對小朋友講自己的媽媽多麼漂亮、多麼喜歡工作，有多麼漂亮的房子去了好多地方買了好多東西。財富不可恥，這樣的時代，財富是一種象徵，智力與能力的象徵。

我們在樓上給小安準備了房間，原來一直空著放些多出的用不上的雜物，房間光見度好，只是相比我們的臥室要小些。岳陽提前訂製了小女孩用的家具，還有些玩具、一台粉色電腦一個粉色電視。小安的房間裡面有衛生間，有浴缸，放好水給小安洗澡，小安堅持自己洗：「媽媽，我自己洗，老師說自己的事自己做，不會的再學著做。」

「那好，小安，媽媽在房間等妳。」

我到小安房間床上坐著等她，聽見裡面水聲響，十分鐘後小安在裡面提醒我：「媽媽，我的衣服呢？」

我是個馬虎的媽媽，小安的衣服應該提前爲她準備好的，我對小安說：「小安等等，媽媽去拿。」

衣櫃裡有些新衣服是前些天松杉陪我去給小安買的，還有些是我的媽媽買給小安的，我拿了套淡粉色袋鼠裝拿進浴室，小安依舊說：「媽媽，我自己來穿。」看著小小人兒自己穿好衣服，自己對著鏡子用小手整理短短的頭髮，臉上乾乾淨淨的。

小安轉過身：「媽媽，我洗完了。」

我對她笑笑，拉她的小手帶她進房間。

「小安，現在媽媽給妳講爸爸的故事，好嗎？」

小安點點頭，我看見她眼睛又開始有些紅；狠狠心決定在這個晚上將這件事完成，看見房間的粉色電腦，我將小安帶到電腦前，讓她坐在我旁邊；一面啓動電腦，一面對小安說：「小安，媽媽給妳找些網站，上面有空軍叔叔的。」

找了個有關中國空軍的網站，點擊一張空軍戰士的照片，存下來在桌面、然後放大給小安看：「小安，爸爸以前是空軍，他像這位叔叔一樣英俊。」

小安點點頭很認眞地看，接著再給她看一些飛機、戰鬥機、包括一些國外有關空軍的圖片，一面給她講、一面不中斷連結讓小安看，這是世界、這是職業，每個人進行各自的工作，聽從各自的命令。

忍了好幾次，我差點點開一些有關日軍侵華的網頁，這個對於小安，很殘酷，再大一些老師會給她講，再大一些她自己也會思考。

夜深了，小安聽完了我給她講的曾強的故事，短短一生的父親，小安眼淚少了，我想她可能會聽懂。

小安歎口氣：「媽媽，我不能再看見爸爸，好可惜。」

我對她說：「每個人都會有死去的一天，沒有什麼可惜的，活著好好珍惜時間就行了。」

小安問我：「爸爸會知道我在想他嗎？」

我對她說：「爸爸會知道，爸爸更希望小安每一天快快樂樂的。」

小安睏了，我笑笑：「小安，該睡覺了，這是妳的房間，晚上妳要學著自己睡。」

「自己睡？」小安露出不安的神色。

我問她：「有什麼問題嗎？小安。」

小安對我說：「媽媽，我有一點害怕，這座房子好寬。」

「晚上妳睡在房間裡，媽媽就在旁邊臥室，屋子裡還有婆婆，還有戚伯伯，這有一盞很小的燈，媽媽給你打開，這樣就不用怕了。」

小安問我：「媽媽，妳睡在哪裡？」

我對她說：「媽媽與戚伯伯共用一間臥室。」

小安問我：「戚伯伯？媽媽，你會與戚伯伯結婚嗎？」

「小安，媽媽會與戚伯伯結婚，因爲媽媽與戚伯伯相互關心相互照顧，媽媽與戚伯伯結婚之後，還是會像現在這樣關心愛護小安的，」我再問她：「小安，妳喜歡戚伯伯嗎？」

小安想想：「喜歡，但是我還是會想爸爸。」

我吻吻小安：「乖，小安會想爸爸是很正常的。」

「媽媽，我要睡了，」小安已經很睏了。

看著她上床蓋好被子，我去打開屋角小燈，關掉頂燈。再去吻吻小安：「晚安。」

小安迷迷糊糊應道，很快合上眼睡熟。

回到我與岳陽的臥室，岳陽換了睡衣坐在床頭翻看財富雜誌。我進去之後，岳陽起身打開衣櫃拿出一件睡衣遞給我：「累了吧，洗澡休息。」

臥室裡有浴缸，挽上頭髮泡澡，這一天讓我感覺疲倦。洗完澡回到床上，我對岳陽說：「好想睡覺。」

岳陽說：「剛才你的爸爸媽媽來了電話，還有松杉也在詢問小安，我告訴他們妳在陪小安，給小安講她的爸爸。」

我挨著岳陽身體，感覺很安心：「他們說什麼?」

岳陽說：「沒有說什麼，他們說明天來看小安。」

我問岳陽：「小安讓你感到尷尬了嗎?」

岳陽對我笑道：「沒有，松松，小安問起她的爸爸這很正常，再說我們遲早需要面對。」

「剛才小安問我是否會與你結婚?我說媽媽與戚伯伯互相關心，我們會結婚的。」

岳陽笑笑：「現在的小孩，什麼也會問。」

我對岳陽說：「岳陽，我希望小安能夠獨立能幹，所以你不可以太寵愛她。」

岳陽對我笑道：「我知道了，松松。」

我想睡覺了，夢開始溫柔撲過來。

次日爸媽過來看小安，岳陽媽媽正陪小安看童話書，再過了一日爸媽帶小安去松杉家裡住，他們說這段時間我與岳陽需要養好身體，看著婚期就近了。

還是暑假期間，岳陽聯繫了成都幾所小學，我堅持讓小安上國立小學，我自己對私立貴族小學有一定偏見，希望孩子接受國家統一教育計劃。

前幾年有幸認識了幾位朋友，幾位很有氣魄胸懷天下的朋友，與他們談話是件人生快事，自己也因此在教育問題上有些不同於國民統一教育的看法，不過在大方向上我還是會讓自己的小安接受國家教育。

小安的英文需要補充，媽媽幫著在聯繫家教；

婚禮看著就近了，每天我的工作時間也減少了很多。

岳陽的公司，SARS後也在計劃擴展業務，他很難不忙。

婚禮訂在一天之後，這一天時間是用來給小安挑選禮服的，前些天買好了一套，小安在家裡穿著玩將水彩顏料染在裙擺上，本來一點點也不是很要緊，我堅持了再買一套，小安不是那種整日安分守己的小孩，買一套預備也好。

岳陽、我、我媽媽我爸爸、松杉幾乎全體出動，當天晚上我要住在爸媽家才好，可是岳陽不讓我離開，他說自己現在特別沒有安全感，等待了那麼些年的，害怕早上醒來是場夢，我只得隨他回去，我又何曾不是如此以爲。

小安被外婆外公留在身邊睡覺，清晨我再回去，然後岳陽來接我，西索做伴郎，聽上去複雜多頭緒；伴娘松杉本來還要負責做司機，接送爸媽還有戚伯母去酒店，後來松杉叫男友來負責，給他大好的表現機會。

婚禮前一晚，我與岳陽陪著戚伯母聊天，看電視，吃些水果，岳陽一直將我摟在懷裡。

臨睡前，我才驚覺這一天忙著給小安選衣服，忙著一些細節，忘記我們要去結婚登記的事！這個大意讓我們感到很好笑，決定次日婚禮後去登記。

晚上我們幾乎沒有睡著，除了悄悄說話就是溫柔地吻著對方，直至黎明，我起來說要去爸媽家，下午再回這個家。

岳陽陪我穿好衣服，堅持不讓我自己開車：「松松，妳沒休息好不要自己開車，我去給妳叫計程車，妳先吃些早點。」

「還要去化妝，岳陽，我不吃早點了，你幫我拿杯牛奶。」

岳陽將一杯安嬰牛奶端過來，不讓我出手，他自己端著送到我唇邊，我輕輕喝完。

出門叫好了計程車，岳陽替我打開車門，在我耳邊說：「松松，今天眞好！」

我捧住岳陽臉頰，吻上一個，對他笑笑。

還在路上，松杉就來電話催促快些，還要化妝；進了家門，裡面熱鬧到亂哄哄為止，衣服鞋子怎麼穿什麼東西要帶上，攝影機呢，禮花剛才還在這裡，小安的早餐呢？

我與松杉帶了婚紗先去酒店化妝間，化妝師已經等在那裡；婚紗是岳陽陪我挑選的，露肩直身，我知道自己的美麗，從岳陽看我的眼睛裡，從他對我的疼愛，美麗是持久的相守一份心意。

很容易碎的，就是生命。

新娘在裡間椅子上靜靜等，其他人在外間聽些柔和的音樂談笑風生。假日酒店一切設施非常適合這種講求質感的婚禮，不喧鬧、甜蜜溫馨值得回憶。上午十點半左右，松杉的電話響了，我坐在裡間等，看窗外盛夏。

松杉跑進來拉著我的手飛快向外跑，我不知道出什麼事了，但是預感很糟，不敢去想，就隨著她飛跑，下電梯、奔出酒店門、上計程車，松杉叫計程車司機去醫院！

我甚至不敢開口去問松杉，我知道是岳陽，一定是的，一定是的！捂住耳朵尖叫，下意識尖叫！

松杉拉下我的手握住：「姐，不要急，姐夫出了車禍，還有西索也受了傷，我也不知道具體情況，看看再說，看看再說！」

到了醫院，有交警等在那裡，交警看見我們飛奔過來先說：「三樓手術室搶救，」他讓松杉留下詢問此傷者背景。

上了三樓，我曾經熟悉無比的消毒氣味，現在讓我不寒而慄，手術室的門緊緊閉著，沒有辦法讓自己冷靜地坐下來，我就來回走動、來回走動，後來我爸爸媽媽、岳陽媽媽、大家都來了。

人來得再多也挽不回岳陽，他解脫了，讓我一個人留下來。我覺得好複雜，自己沒有辦法面對，除了哭我還能怎樣。

西索也走了，最終他與岳陽神魂相伴走向另一個空間，我想得到進不到的空間。

無題

前些天通過 E-mail 與 ICI 國際兒童基金會聯繫，今年八月中旬，在長沙有一場兒童中國文化經典教育經驗交流研討會，Mr. WilliamBodri 將會有精彩演講：〈培育中國下一代，造就世紀英才〉，松松接到邀請函。

新聞裡說，前劉劾部長因為貪污受賄，鉅額財產來源不明，被判入獄；沒有公佈的資訊還有：美女局長曉韻攜帶數百萬人民幣叛逃出境。

松松穿著合身的羊毛上裝，修長的灰長褲，頭髮輕輕挽上去露出雪白頸部，左手無名指上藍寶石戒指不時反射出幽藍光色。書桌上放了些語言類書籍，最近她用了一個月時間緊急突了些日文，工作用的。

眉梢隱隱露出不易覺察的哀傷，唇形豐滿性感，鼻樑給人冷冷的俊美，身體靈活地運動在電腦前與房間書櫃之間，秋天似乎來臨，窗戶外面有些樹葉提前飄落，無聲無息。

工作可以消除寂寞。那些與生俱來的寂寞。

戚岳陽的一切事業財富留給了戚伯母，戚伯母一病不起，彌留之際，讓律師將一切交付給松松。

每一天忙著做好些工作，總是感到一天太短；

而一世又太長。

廣　告　回　信
臺灣北區郵政管理局登記證
北 台 字 第 8719 號
免　貼　郵　票

106-□□
台北市新生南路三段88號5樓之6

揚智文化事業股份有限公司　收

□□□-□□
地址：　　市縣　　鄉鎮市區　　路街　段　巷　弄　號　樓
姓名：

PUBLICATION
生智

書號 D9012　書名 金領男人香

生智出版文化事業

讀·者·回·函

感謝您購買本公司出版的書籍。
為了更接近讀者的想法，出版您想閱讀的書籍，在此需要勞駕您詳細為我們填寫回函，您的一份心力，將使我們更加努力！！

1.姓名：
2.性別：□男 □女
3.生日／年齡：西元＿＿＿年＿＿＿月＿＿＿日＿＿＿歲
4.教育程度：□高中職以下□專科及大學□碩士□博士以上
5.職業別：□學生□服務業□軍警□公教□資訊□傳播□金融□貿易
□製造生產□家管□其他
6.購書方式／地點名稱：□書店＿＿＿＿□量販店＿＿＿□網路＿＿＿□郵購＿＿＿
□書展＿＿＿＿□其他＿＿＿＿
7.如何得知此出版訊息：□媒體＿＿＿＿□書訊＿＿＿＿□書店＿＿＿□其他＿＿＿
8.購買原因：□喜歡讀者□對書籍內容感興趣□生活或工作需要□其他
9.書籍編排：□專業水準□賞心悅目□設計普通□有待加強
10.書籍封面：□非常出色□平凡普通□毫不起眼
11.E-mail：＿＿＿＿＿＿＿＿＿＿＿＿＿＿＿＿＿＿＿＿
12.喜歡哪一類型的書籍：＿＿＿＿＿＿＿＿＿＿＿＿＿＿＿＿
13.月收入：□兩萬到三萬□三到四萬□四到五萬□五萬以上□十萬以上
14.您認為本書定價：□過高□適當□便宜
15.希望本公司出版哪方面的書籍：＿＿＿＿＿＿＿＿＿＿＿＿＿＿
16.您的寶貴意見：

＿＿＿＿＿＿＿＿＿＿＿＿＿＿＿＿＿＿＿＿＿＿＿＿＿＿＿＿＿＿

☆填寫完畢後，可直接寄回（免貼郵票）。
我們將不定期寄發新書資訊，並優先通知您
其他優惠活動，再次感謝您！！

新思維・新體驗・新視野 PUBLICATION 新喜悅・新智慧・新生活